U0140770

摄影化妆造型宝典

Tony的彩妆世界

Tony 编著

人民邮电出版社
北京

化妆造型是一项艺术含量很高的技术行业，是用心用爱进行的一项服务过程！

没有量的堆积，就不可能有质的飞跃。

——Tony

总是在创造美的过程中，会更多的发现美；他，在我眼里是一个使者，发现美的使者……

不被浮华而左右，他的坚持让我感动，希望他用坚持去创造更多的美！我们共同期待！

刘岩

快樂的報價

時光匆匆似流水，轉瞬之間八年過去了。

回首望去這些年的生活和工作，充滿着各種凌亂：緊張和松弛，激動与消沉，光明和灰暗，痛苦与快樂。

八年前的那個夏天，我和TONY开始第一次合作，至今我還清楚地记得那是兴奋的开始，那是一個快樂的開始，也從此認識了這個人：他是個大气而拘小节的人，他是個很隨性而又很嚴謹的人，他是個語言幽默同時思維敏捷的人，他是個刀子嘴毛豆腐心的人，他是個眼高手快的文藝人，他也是……他還是………但這些對我來說重要嗎？回答是否定的。

在N光年以外的一顆遥远的星球上住着一群蝸人，在他们眨眼的瞬間我们地球人渡過了我们的一生，所以，我真正的在意是什麼？是：快樂地生活，快樂地工作，而与TONY的合作体現得更多不是完成後的作品，而是工作中的快樂的過程，這過程中有相當部分是為了商業目的，而還有許多是無人買单的創作目的。你問我快樂值多少錢，我回答：億萬富翁花钱買不來！

嚴磊鋒　二〇一一年三月於北京

Tony 简介

绯闻造型时尚推广培训机构 艺术总监
国家级化妆评委

我叫Tony，这个名字从我初中开始一直跟随着我，以至于很多朋友不知道我真实的姓名，其实名称只是一个称谓、一个符号而已。在化妆造型领域打拼将近20个年头，可以在今天把自己的心得和体会感悟汇集在一起，让我好像又回到从前，回顾自己的造型生涯一般，从青涩走向成熟，回忆自己经历的一幕一幕，有辛酸，有开怀，有喜悦，有落寞。

我的成就来自我的执着，我的坚持，我的自律，我的自强……

我做到了自己约束自己，自己管理自己，自己丰富自己，自己经营自己。

通过这本书，你们可以了解一个崭新的Tony。

北京化工大学 形象设计专业 特聘客座教授
深圳国际发型化妆大赛 评判
中国国际造型师精英大赛 特邀评委
“潭拓杯”国际精英模特大赛 评委
2009–2010年全国发型化妆大赛暨2010年第33届巴黎世界杯大赛中国区选拔赛 评判
2008年“哈佛杯”国际流行美容美发摄影形象设计大赛 评判长
中华形象设计大赛 国家级特邀评委
中国化妆造型精英大赛 评委
日本98年亚洲发型化妆大赛 亚军
荣获2006年度中国职工教育和职业培训协会颁发——《优秀教师》奖
与台湾著名红星林志玲合作出版《志玲 美人计》

媒体访问：

日本NHK电视台、北京电视台、兰州电视台、北京人民广播电台、《今日人像》杂志人物专访、《化妆师》杂志人物专访、《时装》杂志人物专访、《中国科学美容》杂志人物专访、 德国《汉高周刊》人物专访、《广为媒新北京特辑》杂志人物专访、上海电视台《风流人物》电视专访等。

合作媒体及发表作品的媒体：

《ELLE》、《时尚芭莎》、《芭莎男士》、《时尚》、《时装》、《男人装》、《罗博报告》、《COSMOPOLITAN》、《淑媛》、《昕薇》、《时尚伊人》、《VOGUE服饰与美容》、《风采》、《名牌》、《优雅》、《嘉人》、《男人志》、《悦己》、《男人风尚》、《瑞丽伊人》、《时尚君子》、《卫视周刊》、《经典》、《东方模特》、《城市画报》、《城市漫步》、《精彩》、《青年心理》、《风尚志》、《时尚造型》、《摩登》、《人像摄影》、《北影画报》、《完美》、 《演艺圈》、《运动与休闲》、《婚姻与家庭》、《体线》、《玩家》、《珠宝与时尚》、《美容化妆造型》、《中国科学美容》、《舞台与人生》、《泰国风》（泰国）、《读卖新闻》（日本）等。

合作艺人：

港台地区以及海外艺人：

梁家辉、多明戈、陈奕迅、阮经天、郑元畅、阿杜、张震、何润东、钟丽缇、叶世荣、徐怀钰、陈志朋、彭丹、黄安、纪如、马雅舒、吴奇隆、文章、潘越云、张帝、陈莹、蜜雪薇琪、曾宝仪、费翔……

大陆地区合作艺人：

宋祖英、董卿、那英、蒋文丽、徐静蕾、刘孜、梁静、陶红、胡可、蒋勤勤、秦海璐、刘亦菲、张茜、艾敬、赵文卓、朱媛媛、陈坤、陈琳、邵兵、何琳、董晓燕、夏雨、杨青、李霞、刘蓓、孙悦、胡静、叶蓓、沈黎晖、高圆圆、张静初、戴玉强、田震、佟大为、郭小冬、朱军、陈道明、邓超、朗朗、王学兵、王蓉、谢娜、宋佳、田海蓉、王思懿、孙楠、胡军、谭维维、沙溢、董洁、吴文景、朴树、沙宝亮、周杰……

合作品牌：

Dior、Gucci、Chanel、卡地亚、GUESS、MUDD、HP、KAPPA、D&G、FENDI、ONLY、adidas、Levi's、奥迪、奔驰、英菲尼迪、海尔、宏基、匡威、康师傅、中国国际时装周、中国国际车展等。

合作晚会：

CCTV春节歌舞晚会、“好运来”祖海香港演唱会、第一届“国际动漫节”开幕式晚会、中国第一支舞蹈电视“胭脂扣”、CCTV 台湾光复一百周年大型文艺晚会、CCTV“五个一”工程颁奖晚会、CCTV“星光奖”颁奖晚会、2009宋祖英魅力中国鸟巢音乐会、2010宋祖英魅力中国上海体育场广场音乐会。

绯闻造型官方网站
www.pinknews.net

Tony 摄影造型

第一章

摄影造型的概念

从1839年8月19日在法国学术院觉醒的一次科学院与美术联席会上，由议员阿拉哥宣布“达盖尔摄影术——银版摄影术”的诞生，摄影这个概念一直发展到今天。从胶片时代进入到数码时代，摄影走过了一百多年的历史，随着科学技术的进步，摄影将会迎来更加灿烂的未来。

摄影图片可以反应出社会的现实生活，是记录社会和自然现象的一种形象化手段。也是表达思想情感的一种手段。由于摄影具有真实、可视、直观的特点，因此成为人们相互联系、交流思想、传播信息的一种共同“语言”。简单而言，摄影就是人们利用相机，将我们眼睛所感知到的视觉影像拍摄下来，将那一刻凝聚成一种永恒，让我们可以记住那时的美好瞬间。

实际生活当中，一幅好的照片不仅要传达出摄影师的视觉美感，还要令观赏者赏心悦目，并且可以历久弥新化作美丽永恒的记忆。每一个人都希望自己作为被拍摄对象的时候可以楚楚动人、风姿绰约，这就需要被拍摄对象和摄影师进行完美配搭与通力合作，这样才有可能使拍摄出来的作品具有生命力。

对于一幅摄影作品的主导摄影师而言，一幅好的作品不仅仅是技术的体现，也是思想意识和艺术品位的体现，是被摄影对象与技术和艺术的统一，相机只是摄影师用来记录的工具而已。充分地理解拍摄内容、拍摄主题、拍摄场地、瞬间、光线、造型、影调、曝光和色彩间的相互关系和作用，对于摄影师而言是最为重要的；但是对于被拍摄者而言，在充分利用自身的肢体语言和表情之外，要想拍摄出一幅好的照片，就要充分利用造型、色彩、明暗的变化、将一个具有和谐之美的整体形象呈现出来。

随着科学和技术的不断更新和进步，现在好的照片是需要各个技术部门的协作而创作的，如何创作出一幅好的作品？一个好的拍摄创意和拍摄前的准备工作就显得尤为重要。

一 摄影造型的分类

在摄影造型中，因为拍摄目的和拍摄需求的不同，创作团队需要拟定不同的拍摄方案和策划创意，我们大致可分为两大类别：商业用途和非商业用途。以下我们分别加以说明，以便读者可以更好地理解，并防范未来工作中可能会引起的不必要问题。

商业摄影

商业用途的摄影作品具有明显的商业特征、强烈的宣传性质，经过周密策划，通过摄影传达一个事物的价值，如广告（平面或动态）、电影、电视、杂志、报纸、服装样册、产品目录、宣传册、海报、唱片封套等。

这些具备商业属性的摄影作品，必须通过创意人员的策划，以及与美术指导人员、客户的反复沟通协调，提出策划构想的创意稿，再结合摄影师、造型师、模特、设计师和印制人员的通力合作，才可以创造出令客户满意的、具有商业价值的好作品。

A 广告

广告可分为动态广告和平面广告，造型师要在拍摄前充分了解并理解拍摄脚本，然后再进行准备工作和化妆造型的设计。

其中胶片广告和化妆品广告要尤为注意：在发型、化妆、服装的每一个细节都要力求完美，这对造型师的技术要求较为苛刻，化妆要细腻并注重质感，这一点非常难做到，不仅需要好的化妆产品和化妆工具，精良纯熟的化妆技术也显得异常重要。

B 杂志

杂志的摄影作品，不仅要考虑杂志的市场定位、受众人群及其年龄层次、造型设计上更要配合杂志的主题策划，还要着重考虑时下的流行性、季节性，以及节日的氛围性等诸多因素。

C 服装样册

以服装为主要表现对象，服装是绝对的主角。在拍摄服装样册的时候，造型师要力求表现出服装与模特面部妆容的协调性，在设计彩妆造型时必须考虑服装色彩款式和表现风格。

非商业摄影

非商业摄影是指不具有浓郁商业色彩的摄影作品，例如造型师的个人作品创作、婚纱照、个人写真、教学示范等。

非商业摄影的创作相对于商业摄影要简单很多，要求较低，受到的制约也相对小很多。但是无论何种摄影，在拍摄之初都要做好必要的沟通和协调工作，让相关工作人员了解拍摄意图并达到共识，让彼此对主题画面的设计稿、用途以及表现重点做到充分的理解，并对其进行准备，这样才可以具体实施拍摄。

A 婚纱摄影

婚纱照是新人结婚的必要之选，大小影楼以及工作室比比皆是，拍摄风格以及效果各有不同。婚纱摄影的化妆造型应对场景、风格特征、色彩、空间进行组织，结合时下流行的诸多元素，了解客人的个人品位，才可以达到新人整体造型的搭配之美。

B 教学示范

教学示范属于教学领域的运用，要求画面干净简单，以特写、半身或局部为主的示范图片，化妆设计上重视精致感，要求色彩鲜艳、线条清晰，整体讲究干净和谐。

C
个人写真

因为个人写真是造型师根据客人的个人喜好，
结合流行元素所拍摄的作品，
因此受限制较小，
有较大的发挥空间，
造型表现可以多元化，
强调个人风格，整体造型需要精心设计。

二 摄影造型工作的重要性

随着人们生活水平的日益提高，科学技术的不断发展，摄影器材的日益普及，摄影逐渐融入到我们的生活中，无论是专业还是非专业的摄影师，都会时刻记录下生活中的美好瞬间。
就人像摄影而言，随着数码摄影的逐步完善和进步，摄影的门槛将变得越来越低，大量的摄影爱好者和从事专业摄影的人也将越来越多，随着市场需求量的增加，对造型人才的需求也会日益加大。

在数码摄影领域里，一幅好的作品就技术层面而言：摄影所占的比例在逐步缩小，化妆造型和数码后期的比例在不断扩大，一个摄影师在这个行业里面要想有所作为，自身素质、艺术修养和积累变得尤为重要；而一个造型师要想在这个行业里面游走，技术是第一保障，在以技术为前提的基础上，造型师的艺术修养、知识积累、审美品位、沟通能力、服务意识等诸多方面都需要不断完善和提高。

一幅好的作品是摄影师、造型师、模特和数码后期工作人员在通力合作下创作出来的，缺一不可。造型师所占的比重在30%以上，可见摄影造型在一幅作品创作中的重要性是不容忽视的，好的造型师会为即将创作的摄影作品添彩，使图片呈现出不同凡响的视觉效果。对从事摄影造型的造型师而言，敏锐的观察力、独特的时尚触觉、极强的领悟力和动手能力都会推动一个新造型师的成长进程。

作为一个造型师，不要过多地依赖数码后期来弥补前期的失误，目前很多从事平面摄影行业的造型师，对后期有着过度的依赖，在平面摄影领域显得更为严重。随着高清技术的普及和运用，数码技术更新换代的加速，化妆领域将产生一次变革和革新，造型领域也将迎来一次革命，对造型技术的要求将更加苛刻，造型师将面临一次严峻的考验。未来的发展，将充满技术和观念的革新与飞跃，造型师要想立于不败之地，就要紧跟时代步伐，这就是所谓的适者生存。我们要适应社会的发展，在求新求变的同时，更新提高自身的技术，这样才可以顺应现代摄影技术的不断更新和市场的需求。

第二章 摄影造型的基础知识

化妆并不是简单的涂鸦着色，而是运用色彩的不同，以及色彩相互之间的关系，通过造型师的审美品位和专业技术，来塑造刻画一个人。就摄影化妆的效果而言，摄影更讲求造型的角度，一个造型并非从各个角度拍摄出来都是完美的，这就需要一个专业的化妆造型师在日常生活中注意观察，在专业知识上加以积累，不仅要娴熟地运用色彩学和色彩心理学来掌控色彩的变化，还要掌握几何学、建筑学和形态学，再加以融会贯通，才可以巧妙地展现造型设计的功效和美感。

一 脸部的结构和特征

化妆造型上所说的“形态学”，特指人脸部的骨骼生长和构造，作为一个专业的造型师，必须了解人面部的肌肉走向、骨骼架构和脂肪分布，这就不难理解脸部在光的作用下的明暗关系。人的五官结构和表情是由面部的骨骼和肌肉来决定的，造型师只有准确地掌握人面部的五官比例、面部的轮廓与面部的线条，才有可能适度地利用人们的错觉来进行修饰并创造美感。

脸部的比例

在了解各种脸型之前，最好能够掌握面部构造和标准比例。什么样的比例是标准比例呢，就身体而言是指头部大小和身体的平衡度；就面部而言，是指五官在面部的平衡度，理想的脸型会因性别、种族和时代的不同而有不同的标准。

就东方人而言，脸部结构的标准比例即黄金比例是“三庭五眼”。人的五官比例只要在这个范围内，就能给人一种视觉上的平衡感。

面部五官整体的标准比例

所谓“三庭”即从人的发际线到眉骨、从眉骨到鼻尖、从鼻尖到下巴的三个距离正好相等，各占1/3；“五眼”即两只眼睛之间的距离正好等于一只眼睛的宽度，外眼角到发际线的水平距离也等于一只眼睛的宽度。如果两只眼睛之间的距离小于一只眼睛的宽度，会给人紧张、阴沉的感觉；大于一只眼睛的宽度则会给人缺少心机的感觉。但现在也有人认为四个半眼睛的宽度更符合当今人们的审美。

公认的标准脸型图

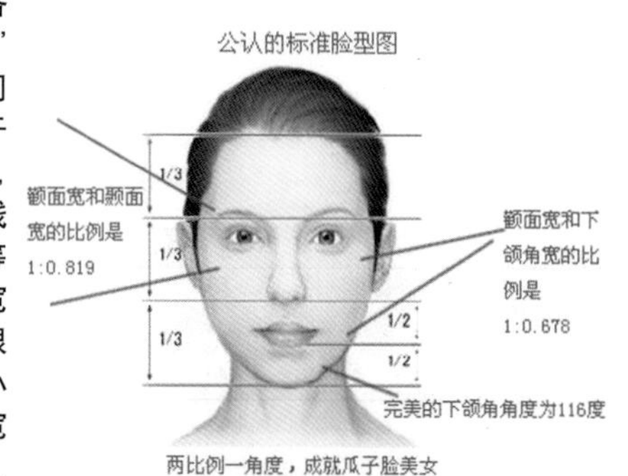

两比例一角度，成就瓜子脸美女

五官标准位置和比例

眉毛的标准位置在额头发际线至鼻底的中分线上，眉头和内眼角在同一垂直线上，眉峰在整个眉毛从眉头到眉尾的2/3处，眉尾在鼻翼与眼尾的延长线上，眉尾应平齐或略高于眉头的水平线。

眉梢在鼻翼至外眼角连线的延长线上为长眉，眉梢在嘴角至外眼角连线上为短眉，如果眉的长度在上述这两个尺度范围之外，化妆时就要适当地调整。

鼻子在脸部的中庭位置，鼻翼的宽度应等于一只眼睛的宽度。

眼睛的标准位置应该在额头发际线和嘴角水平线连接线的1/2处，两眼之间的距离等于一只眼睛的宽度，眼尾应略高于内眼角水平线。

唇的位置在下庭的中央部位，下唇底线应在鼻底至下颚底线的平分线处；唇的宽度应该在两眼瞳孔内侧的下垂线稍内侧；上唇和下唇厚度的比一般为1:1.5，性感唇的上下比例为2:2即等于1:1。唇峰的位置一般在从唇凹到唇角的1/3处，唇峰离得越近人显得越年轻，反之则越成熟。

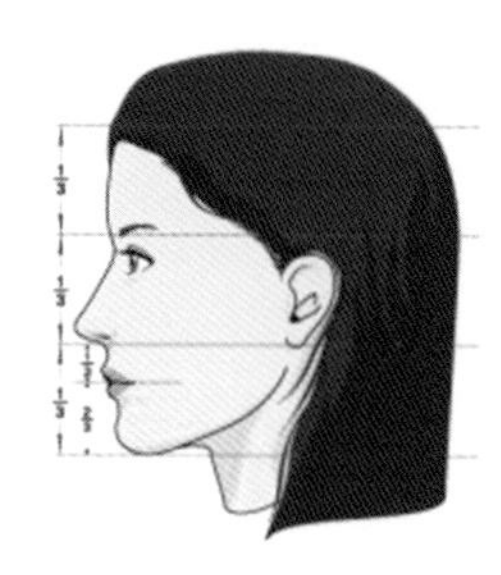

侧面轮廓

标准的侧面轮廓是鼻尖，上唇和下巴均在同一条延长线上。

脸部的结构

化妆造型一般是对人的脸部施以矫正和美化，其重要的依据是头部骨骼机构。

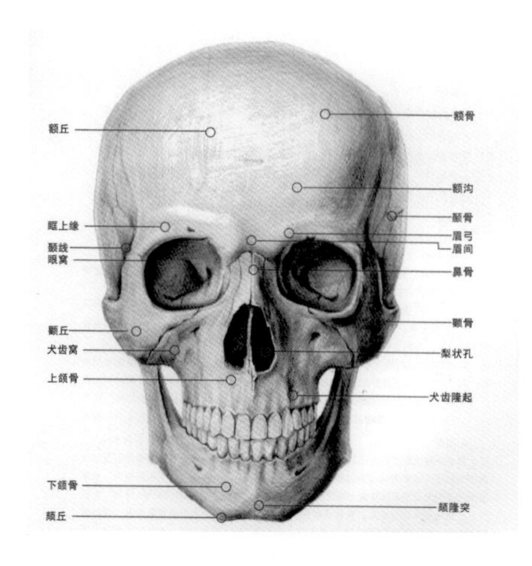

骨骼

头部骨骼由头盖骨、颊骨、鼻骨、下颚骨等骨骼组成，大体可分为脑的头盖骨和脸的颜面骨两大类。

脑的头盖骨：头盖骨由前头骨、头顶骨、后头骨、侧头骨构成。因人种的不同，头盖骨的构成也不同，但其特征则不会因年龄而有所差异。

脸的颜面骨由颊骨、鼻骨、下颚骨、上颚骨构成。颜面骨会因为年龄的增长而出现变化。

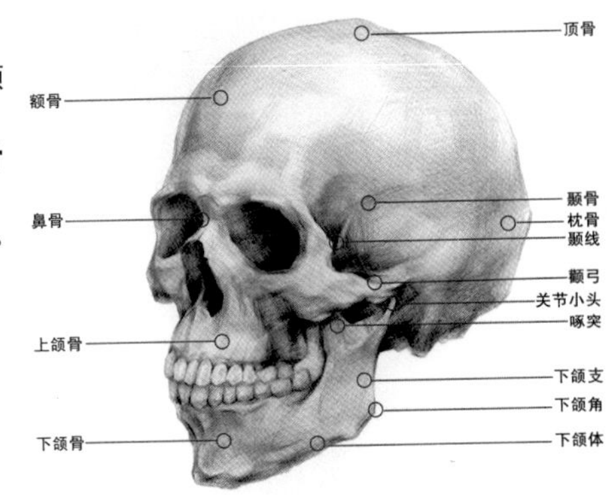

轮廓

脸的轮廓会受额头、眉骨、太阳穴、颧骨、下颚等部位的影响，形成各种不同的脸型。额头形状由前头骨的形状与头发发际的外形决定。同时额头的宽窄度、凹凸度也会影响人的外貌。下颚骨是决定全脸的均衡度和脸的下半部轮廓的重要因素。比如下颚消瘦，会给人以纤细、瘦弱、高雅的感觉；下颚带棱角，则会给人以意志坚强充满活力的感觉。

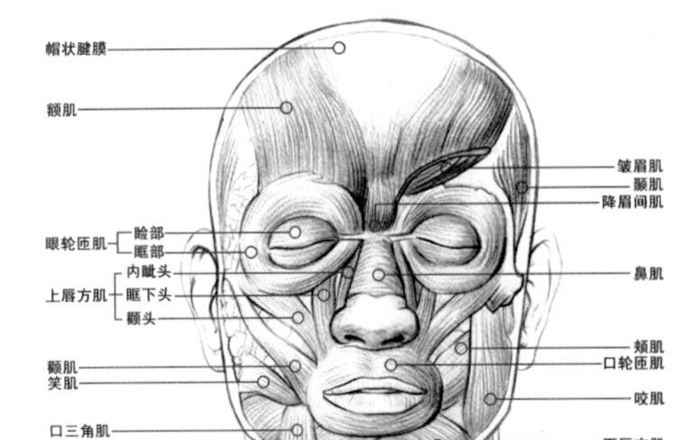

肌肉

脸部的肌肉分为表情肌和咀嚼肌。表情肌是控制颜面动作的肌肉，它的反复运动会产生表情纹。化妆时要掌握好对方的习惯性表情，如微笑时，口圈肌、笑肌和颊骨肌整个被牵动往上收缩，所以描唇形时不妨稍微上扬，这样更能表现出自然的美感。

脂肪

脂肪给人脸部以丰腴感，尤其是在颊骨下方凹陷处的颊部脂肪，会使脸颊呈现或丰腴或瘦削的不同感觉。脂肪量多，会显得稚气、年轻、天真烂漫、温柔、沉稳，女性和儿童多半属于此类型；脂肪量少，会显得成熟、野性、冷峻，成年男性多半属于此类型。

7种典型脸型特征

生活中没有完全相同的两张脸。即使你所看到的是双胞胎，也会存在一定的差异，因此造型师要充分了解每一种不同的脸型。只有了解了不同的脸型，才有可能在上妆的过程当中随心所欲地驾驭自己手中的工具和自由地舒展自己的创意，我们根据额头、太阳穴、双颊和下颚构成，把脸型大致归纳为以下 7 种。

蛋型脸（标准）

整个脸部宽度适中。从额骨、面颊到下巴的线条修长秀气。脸型如倒置的鹅蛋，此脸型被认为是最理想的脸型，也是化妆师用来矫正其他脸型的依据。

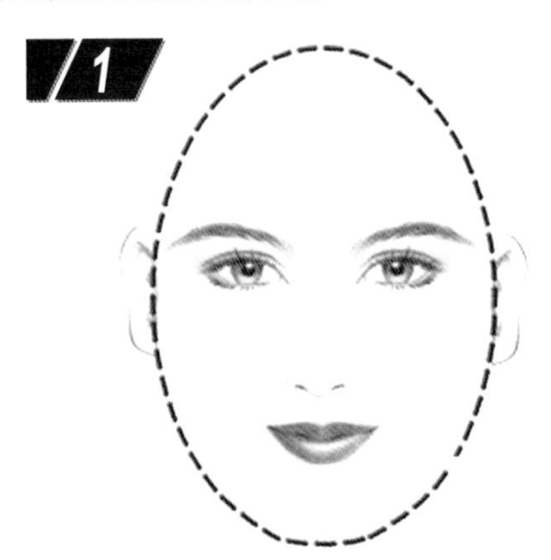

圆型脸

从正面看，脸短颊圆，颧骨结构不明显，外轮廓从整体上看似圆。圆脸给人以可爱、明朗活泼和平易近人印象，显得比实际年龄小。

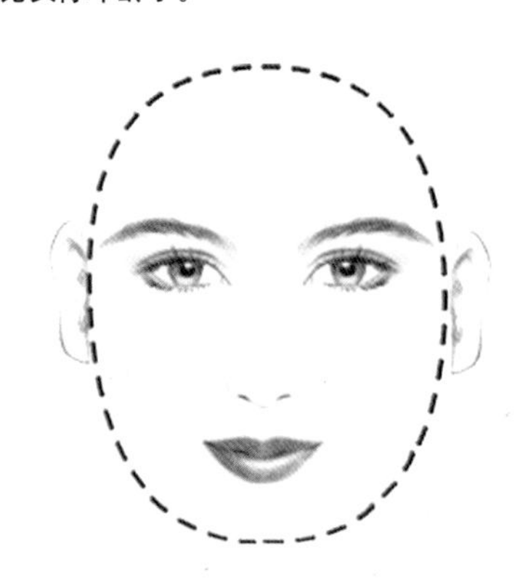

方型脸

方型脸的宽度和长度相近，下颚突出方正，与圆脸不同之处在于下颚横宽，线条平直有力。方型脸给人以坚毅阳刚、堂堂正正的印象。

3

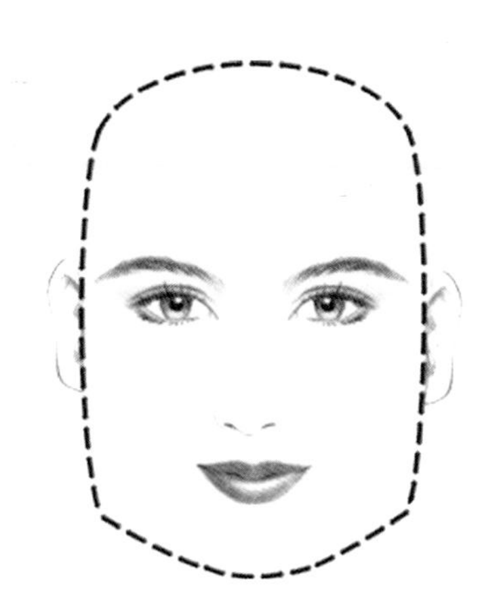

由字脸

此种脸型额头较窄，两腮宽，整体脸型成梨形，除天生腮部较宽大以外，多见于胖人和年过四十的人。由字脸给人以富态、稳重、威严的印象。

4

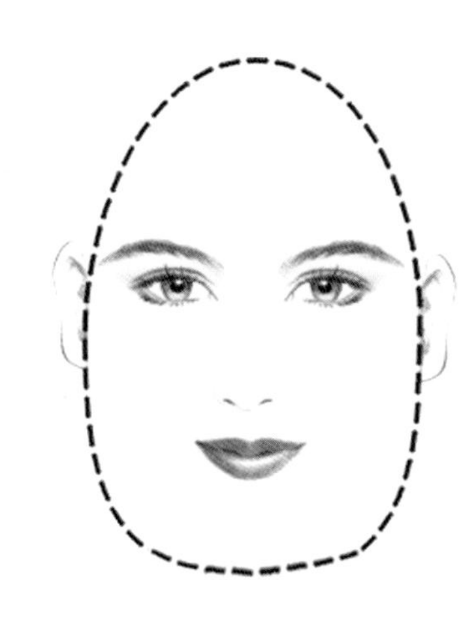

申字脸

申字脸的人一般面部较为清瘦，颧骨突出，尖下颚，额头至发际线较窄，面部较有立体感。脸上无赘肉，显得机敏。给人以理智、冷漠、清高、神经质的印象。

5

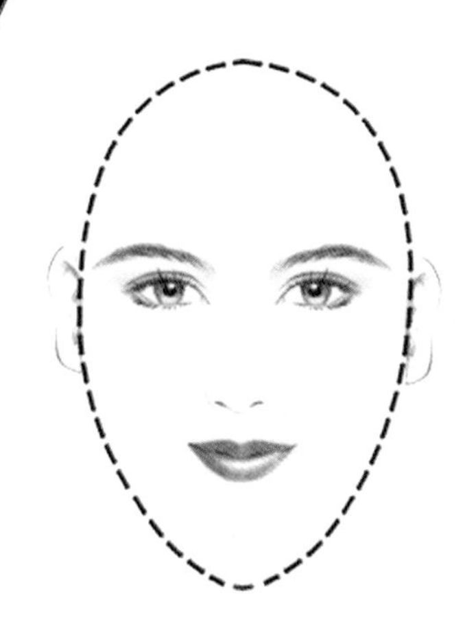

甲字脸

额头宽厚，下颚线呈瘦削状，下巴窄而尖，是一种现代美人脸。发际线大多呈水平状，有些人在额头发际处会有"美人尖"。

6

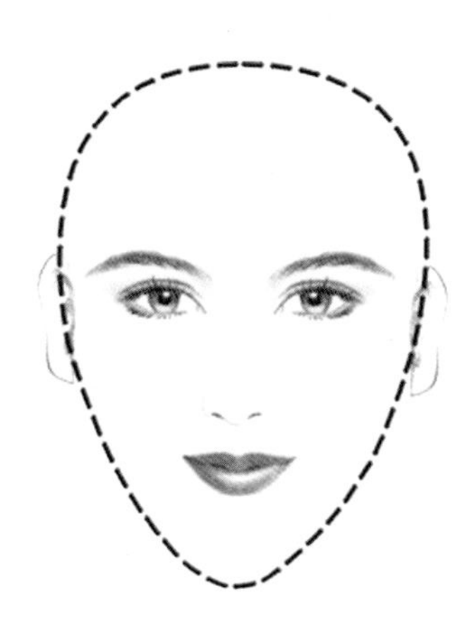

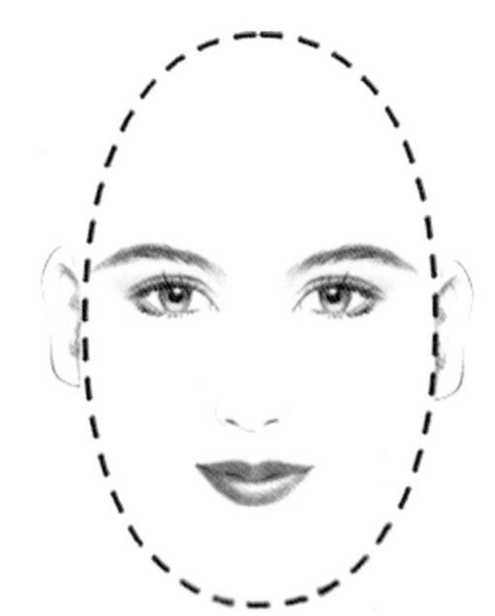

7

长型脸

此种脸型宽度较窄，显得瘦而长，发际线接近水平且额头高，面频线条较直，鄂部突出，棱角分明。

虽然这里将脸型大致分为这 7 种，但在生活当中一般人的脸型通常是两种脸型的混合体，因此想要将一个人的脸型硬归于某一类型并不容易。这就需要造型师在日常生活中多多练习如何观察人，良好的观察习惯也是造型师的重要利器之一。在观察脸型时，可先根据脸部标准形态美的比例进行分析，再配合脸部轮廓的特征设计妆面。

三 色彩与妆容的相互关系

当我们开始接触化妆造型这一行业的时候，首先要努力把自己变成一个具有敏锐观察力的人，仔细审视我们生活的各个角落，便不难发现我们的生活被各种色彩和形状所包围，凡是与衣食住行相关的物品，在设计以及购买时，色彩都是相当重要的考虑因素，其次就是形状，这就是人们所说的“凡是皆色型”。作为一个造型师，应当准确地了解色彩的基本知识，理解色彩的原理和规律，训练对色彩的感受和组合搭配能力，从而提高对色彩的感知度，结合自己的审美鉴赏水平，熟练地将色彩运用到造型之中，从而达到完成造型的目的，并借助线与形的变化，使得造型更加出色生动。

我们首先从了解色彩的分类、原色、间色、复色以及色彩关系的三要素开始，来看色彩对比关系和色调对化妆造型效果的影响。

色彩种类

1. 无彩色系

黑色、白色及黑白两色相混合而成的各种深浅的灰色称为无彩色。

2. 有彩色系

有彩色系的基本色有红、橙、黄、绿、蓝、紫。由于它们各自又有纯度和明度的变化，所以较之无彩色系更加丰富，带给人们五彩缤纷的视觉感受。

色彩三要素

每一种色彩都同时具有3种基本属性，即色相、明度和纯度。

1. 色相

色相是指色彩的相貌，是区分色彩的主要依据，是颜色相互区分最明显的特征，如红、橙、黄、绿、蓝、紫 6 种基本色相。通常我们看到一种颜色最先反映的往往是色相，如蓝色的眼影、粉红色的腮红、肉色的口红等。

2. 明度

明度是指色彩的明暗程度，也称深浅度，是表现色彩层次感的基础。黑白灰之间可构成明度序列，最亮是白，最暗是黑，黑白之间有不同程度的灰。任何一个色彩，加白可以提高明度，加黑则能降低明度。由此产生许多深浅不同的颜色。

6 种基本色本身也有明度上的高低不同，黄色明度最高，橙色次之，绿色和红色再次之，蓝色和紫色明度最低。

我们在化妆时选择粉底也常常要考虑到颜色的深浅。比如这个粉底颜色太深了，选浅一点的会明亮一些。打底时我们常用到基础粉底、提亮色、阴影色，这就是用明度不同的粉底来塑造脸部的立体感。

3. 纯度

纯度是指色彩的鲜浊程度。凡有彩度的色彩必有相应的色相感。色相感越明确、纯净，其色彩纯度越高，反之则越低。纯度较低，色彩相对也较柔和，适合于生活妆，纯度很高的色彩应慎用。同一色相可以有不同的彩度。拿红色来说，有鲜艳无杂质的纯红，有干涩的“凋玫瑰”红，也有较淡薄的粉红等。

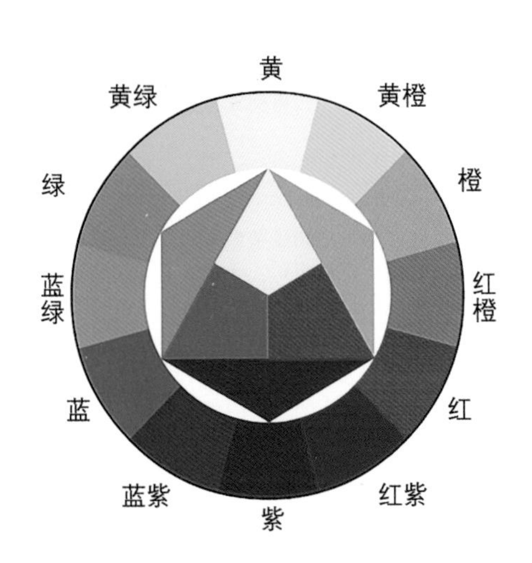

色彩的混合

1. 原色

原色也称第一色，用原色可以混合出其他色彩。颜料的三原色是红、黄、蓝。

2. 间色

间色是由两种原色相混合而成的颜色，也称为第二次色。颜料的三间色是橙（红＋黄）、绿（黄＋蓝）、紫（红＋蓝）。

3. 复色

由原色加间色混合而成的颜色称为复色，也称为第三次色。

红 紫 橙 蓝 绿 黄

三原色

色彩的对比

红与黄的混合　蓝与红的混合　黄与蓝的混合

色彩对比是色彩运用的关键，正如人们所说，没有不美的颜色，只有不美的搭配。

1. 明度对比

明度对比是指因为明度差别而形成的色彩对比。在同一色相中物体的层次感、体积感、空间关系主要靠色彩的明度对比来实现。不同的色相也有不同的明度。

明度接近的颜色之间属于弱对比，给人的感觉含蓄、柔和、雅致，近效果好。生活妆以及新娘当天妆选择的眼影、腮红、口红经常会采用明度弱对比。

明度高和明度低的颜色之间属于强对比，给人的感觉强烈、夸张、夺目，清晰度高、立体感强、远效果好。晚妆、模特妆以及强光下可以采用明度强对比的颜色。化妆时常用眼线来突出眼睛就是这个道理，最深也就是明度最低的眼线和面部其他颜色形成明度强对比，会显得眼睛炯炯有神。

2. 彩度对比

彩度对比是指不同彩度的色彩相互搭配，根据含彩度之间的差别形成的对比关系。在化妆时可以用大面积彩度较低的颜色晕染，然后点缀一个彩度较高的颜色。

3. 色相对比

色相对比是指因色相之间的差别而形成的对比关系。

4. 同类色对比

这种配色关系处在色相环上的 30 度以内，是一种色相差很小的配色。这种配色雅致、含蓄，但统一有余而变化不足，处理不好容易显得模糊、朦胧、单调、乏味。只有加大各种色彩之间明度差、彩度差，才能使视觉效果更美。

5. 邻近色对比

这种配色关系处在色相环上的 30 度～ 60 度之间，是较弱的色相对比，具有和谐、雅致、柔和、耐看的视觉效果，比同类色相明显、丰富、活泼，但其微妙性和技巧难度较大，需同时掌握明度、纯度和色相的变化。

6. 对比色对比

这种配色关系处在色相环上的 120 度左右，是较强的色相对比。各种色彩色相感鲜明，显得饱满、丰富而厚实，容易达到强烈、兴奋、明快的视觉效果。如红与蓝、红与黄、绿与橙、橙与紫、绿与紫等，可构成很多具有审美价值的色彩对比。但处理不好容易显得杂乱，要注意控制每种色彩的色量、位置、面积、明度、彩度等综合关系。

7. 互补色对比

这种配色关系处在色相环上的 180 度左右，橙和蓝、黄和紫、红和绿是色相对比中最强的对比关系，极易产生富有刺激性的视觉效果。色感饱满、活跃、生动、华丽，这种极强的色相组合，也能体现出粗犷、活跃、喜悦的风格，是中国民间的传统用色方法。然而，互补色对比变化有余而统一感不强，设计时应谨慎，如运用不当，高纯度的互补色容易产生过分刺激、不含蓄、不雅致的感觉。

8. 冷暖对比

因色彩感觉的冷暖差别而形成的对比称为冷暖对比，是色彩对比的又一种表现形式。在色彩冷暖中，最暖色为橙色，定为暖极；最冷色为蓝色，定为冷极。凡是离冷极越近的色彩就越冷，离暖极越近的色彩就越暖。色彩之间的距离越大，他们的对比也越强烈。

9. 面积对比

面积对比指各种色彩所占面积比例的多少而形成的明度、色相、纯度、冷暖对比。如眼影中各色面积的对比，眼影、腮红以及口红色面积的对比等。

色调

色调是色彩运用的主旋律，大面积的色彩倾向是色彩三要素共同作用的结果，其中某种因素居主导地位，即称为某种色调。
1. 淡色调明度很高的一组淡雅颜色，组成柔和优雅的淡色调，这类颜色含有大量的白色，或荧光色。淡色调妆多用于生活时尚妆和新娘当天妆，视觉效果清新、明朗、干净。
2. 浅色调明度比淡色调低，色相和鲜艳度比淡色调略为饱和。浅色调妆淡雅、亲切、温柔，适合职业妆和新娘白纱妆、当天妆。
3. 亮色调明度比浅色调略低，因其含白色少，鲜艳度更高，接近纯色。代表色有天蓝、柠黄、粉红、嫩绿。亮色调妆给人感觉靓丽、活泼、鲜明、纯净，适合时尚妆、新娘礼服造型妆。
4. 鲜色调明度与亮色调接近，一般是中等明度，但其色彩不含黑和白色，饱和度最强。视觉效果浓艳、华丽、强烈，适合晚宴妆、综艺晚会妆、模特妆、创意妆、礼服造型妆。
5. 深色调明度较低，略带黑色成分，但仍保持一定的浓艳感，适合模特妆、创意妆、晚宴妆、综艺晚会妆和礼服造型妆。
6. 中间色调由中等明度、中等色度的色彩组成。中间色调妆显得沉着、浑厚、稳重、成熟，适合社交职业妆和新娘白纱妆、礼服造型妆。
7. 浅浊调与浅色调的区别在于，浅浊调不仅含有白色，还含有灰黑色成分。浅浊色调妆具有文雅之感，适合职业妆和新娘白纱妆、当天妆。
8. 浊色调是明度低于浅浊色调的含灰色调，具有朴实而成熟的气质。代表色有驼色、土黄、灰蓝。如果大面积用浊调，小面积用鲜艳色点缀，既沉着稳重，又避免了整体的晦暗感，适合模特妆和创意妆、礼服造型妆。
9. 暗色调明度、鲜艳度都很低，色暗近黑。暗色调妆具有沉稳、庄重感，若搭配一点深沉的浓艳色，可得到沉着华贵的视觉效果，适合晚宴妆、模特妆、创意妆。

色彩的联想和意象

各种色彩的意象是什么？严格来讲，不同的人对同一种色彩的感受并不一致，这种差异来源于人的性别、年龄、环境、时代、职业、民族等诸多因素的差异，因而很难有一个肯定的答案。
但是，人们仍然可以找出某种共同的感觉。例如春天万物复苏的时候，植物嫩芽的绿色，到逐步走向成熟进入秋天变为橙黄，因此，绿色给人以生机和不成熟的意义，也和年轻的意象相吻合；而橙黄给人的感觉则是收获、枯萎和饱满。
至于色彩所引发的心理感觉，包括了寒冷与温暖，轻与重，柔软与坚硬，兴奋与沉静，华丽与朴素等，各种色彩所具有的意义形成了色彩的意象，就如同一个人的性格和形象一样，是人们对色彩的综合性认定。
在进行化妆造型设计时，色彩意象的运用是否合适是十分重要的，因此如果表现的意象不适当，设计灵感再好，配色调和再美，也不会是成功的造型设计。
除受色相不同的影响之外，彩度和明度的高低对色彩意象的影响也很大，所以只有充分理解，在配色时才可以发挥色彩的特性。

红色
热情、喜庆、欢乐、幸福、艳丽、直爽、精力充沛。红色调粉底可使肤色变得粉嫩、红润、健康。

黄色
温暖、明亮、活力、华丽。黄色调粉底可使肤色变得干净、透亮，适合裸装写真。

橙色
明朗、光明、轻快、柔和、纯净、活跃、年轻 。橙色调粉底很适合遮盖发青的黑眼圈。

绿色
生命、希望、青春、活力、和平。绿色调粉底可遮盖过红的肤色。

蓝色
天空、寒冷、透明、流动、清爽、深远。

紫色
高贵、华丽、神秘。紫色调粉底可调整偏黄晦暗的肤色。

白色
明亮、干净、卫生、朴素、恬静、坦率、纯真。

黑色
严肃、庄重、坚定。

灰色
高雅、精致、含蓄。

第三章

摄影造型的工具与技巧

完美的化妆造型是造型师根据被服务对象的自身条件，运用各种技巧塑造出具有独特风格的美，使他们可以更有信心地去面对镜头，从而留下令人难忘的影像。因此，一个专业的造型师，在了解人的性格、年龄、五官、肤质之外，还要懂得色彩的调和方法以及如何运用工具和化妆品来完成一个完整而完美的妆容。这是成为一个造型师必须要熟练掌握和灵活运用的，也是一个造型师最重要的利器。

一 找到适合自己的化妆工具和化妆用品

如今琳琅满目的化妆品和化妆工具，质量良莠不齐，如何选择是关键，这不仅是价格和品牌的差异，古人云“工欲善其事，必先利其器”，可见好的用具和产品对于做好一件事的重要性，选择专业化妆工具与选择学习化妆艺术有着同等重要的意义。通过对化妆工具与化妆品的正确选择与使用，再加上反复的练习，使得自己的技术更加熟练，技巧更加纯熟，只有这样才能产生从“量”到“质”变化，从而打造出完美的妆容。下面就为大家介绍一下各类化妆用品及其特性。

专业化妆工具的选择

1. 化妆海绵

可使粉底涂抹均匀的专用工具，它能让粉底与皮肤紧密结合。因为它会直接影响到化妆的底色效果，所以不要使用质地较硬的海绵，而应选择质地柔软、有弹性、密度大的产品。还要根据具体的化妆部位挑选不同形状的化妆海绵。

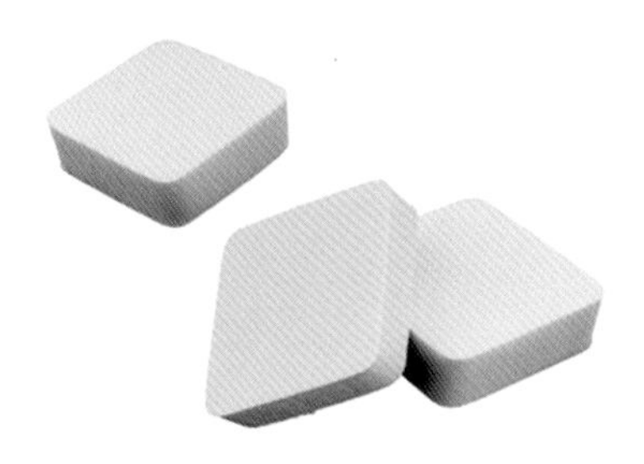

2. 化妆粉扑

用于给全脸定妆的工具，也可在化妆时避免弄花妆面而用做衬垫。建议选择天鹅绒面、触感蓬松且轻柔的粉扑。

为保证妆面干净，粉扑也应及时清洗。如果粉扑表面变硬，且无法恢复弹性时，则需更换新的粉扑。

3. 美目贴

用来矫正眼形，塑造双眼皮的工具。建议选择质感较薄且半透明的产品，使用后修饰痕迹不明显，效果自然。

4. 修眉刀

用于修整眉形，或去除面部多余毛发。它可以快速去除毛发，且边缘整齐。

5. 眉钳

用于修整眉形，有圆头和方头两种，建议使用较紧的眉钳。

6. 剪刀

可用来修剪眉毛、美目贴或假睫毛等。

7. 睫毛夹

可使自身睫毛弯曲上翘。一般选用不锈钢质地的产品，挑选时应观察其橡胶垫是否结实，有无弹性。夹口与橡胶垫一定要能够完全吻合，否则极易夹断睫毛。也可挑选小型的局部睫毛夹，进行细节的处理。

8. 假睫毛

可使睫毛看起来纤长浓密。假睫毛的种类也很丰富，如色彩夸张的假睫毛可以增强妆面的创意感；透明感的假睫毛可以使睫毛看起来更加真实；单根假睫毛可用于嫁接下眼睫毛。

9. 睫毛胶

用于粘帖睫毛或面部饰物。一般挑选乳白色产品，因为其干后无色、透明，所以不会影响面部妆色。睫毛胶在“半干”的状态时黏度最强。

10.刷具

使用化妆刷工具时，应选择柔软、有弹性、不刺激肌肤的动物毛刷。如貂毛、马毛、山羊毛等。做工精致的刷具具有柔和、不散开、不掉毛的特点。这样涂抹彩妆时才能使色彩均匀服帖、不掉粉，从而帮助化妆师打造出完美的妆容。

（1）刷具的分类

修容刷：毛质为貉子毛，在化妆结束后涂阴影色，用于修饰面部轮廓。其中较大号的修容刷也可以用作蜜粉刷。

扇形刷：毛质为黄尖峰，外形饱满。用于扫掉面部多余粉质，是化妆刷中最大的一种。

胭脂刷（腮红刷）：毛质为马毛，用来刷腮红。胭脂刷和修容刷要分开使用，以免颜色混合，弄脏妆面。

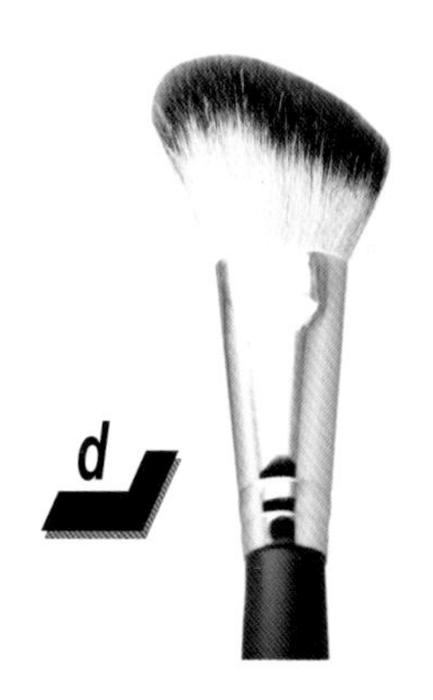

斜面刷：毛质为黄狼尾，用于提亮面部并对细小部位定妆。

眼影棒：材质为海绵，主要用于描画色彩较浓重的眼影。

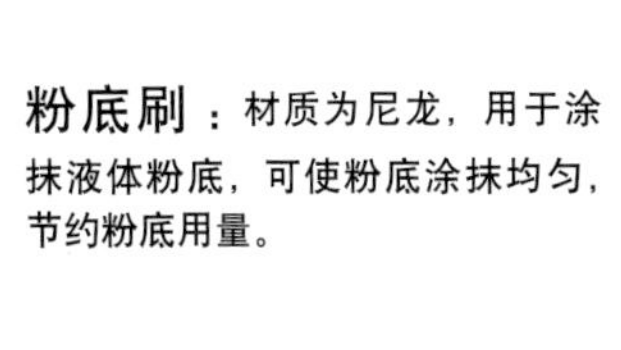

粉底刷：材质为尼龙，用于涂抹液体粉底，可使粉底涂抹均匀，节约粉底用量。

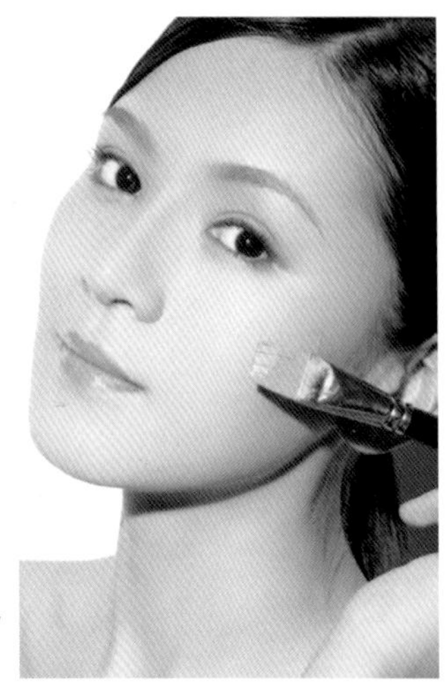

眼影刷：毛质为黄狼尾，用于涂抹眼影。大号适合大面积晕染，小号适合小面积晕染。建议不同色系选用不同的刷子，以保证颜色的纯正。

眼线刷：毛质为黄狼尾。用它蘸水后将水溶性眼线粉调和成糊状描画眼线。效果自然柔和。

h

i

睫毛刷：材质为杜邦尼龙毛，用于修整眼睫毛，也可梳理眉形。

眉梳：特质梳子，用于整理和协助眉毛修剪，也可梳理粘连的睫毛。

l

唇刷：毛质为黄狼尾或尼龙，用于涂抹唇膏等唇部化妆品。

斜面眉刷：毛质为黄狼尾，可蘸取眉粉描画眉毛，要选择刷毛扁平、不分散的产品。

遮瑕刷：毛质为黄狼尾。用于蘸取粉底，遮盖面部瑕疵、眼袋、黑眼圈，以及修改化妆时出现的细小错误。

（2）挑选刷具的窍门

a.刷毛柔软平滑、结构紧实饱满、刷毛不易脱落、握柄方便使用。
b.用手指夹住刷毛，轻轻地往下梳，可看出刷子是否会掉毛。
c.将刷子轻按在手背上，画一个半圆形，可看出毛的剪裁是否整齐。
d.分辨毛质时以热风吹刷毛，保持原状的是动物毛，变卷曲的是人造纤维。

（3）刷具的清洁

a.平日保养：使用后在面巾纸上顺着刷，将残留的化妆品擦去；或蘸取定妆粉在粉扑上轻扫，去掉多余粉质。
b.定期保养：应一周保养一次，将毛刷泡在稀释的温肥皂水或洗发液中，顺毛清洗，再用冷水冲洗干净，最后用面纸将水分吸干。整理后放在干毛巾上晾干，注意要自然风干，不可用吹风机吹干或在太阳下暴晒，否则会使毛质受到损伤。

11.清洁用品

如棉棒、化妆棉等，用于去除面部污迹，也可用来卸妆。最好选择经过消毒处理的纯棉产品。

12.其他装饰物

如水钻、羽毛、甲片等，都可为妆面增添新意与神采。

13. 化妆箱

挑选时要注意空间结构的合理性，可将化妆品和工具有序地放置在里面，以对它们起到一定的保护作用。

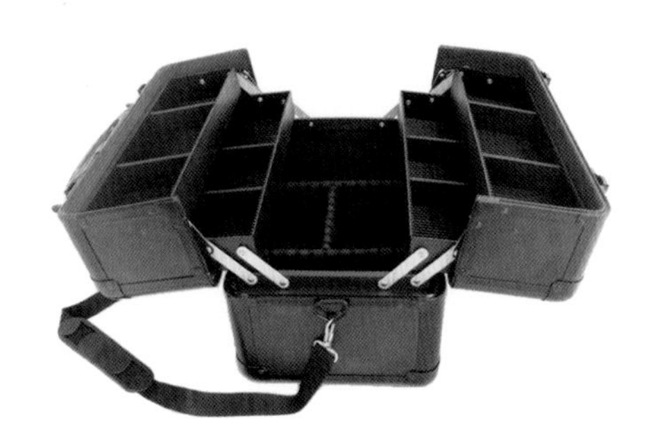

专业化妆品的挑选与使用

1.护肤产品

一般分为“妆前护肤”和“妆后护肤”两类。

（1）妆前护肤产品

a.隔离霜：可以隔离彩妆和紫外线等外界不良环境因素的影响，保持皮肤的水润清爽。在打粉底前涂抹于面部，有修正肤色、提升皮肤亮度的作用。也可使粉底更服帖、持久。是打造完美妆面的“前奏”。
绿色：修正晦暗偏红的肤色，使皮肤自然白皙。
紫色：修正暗哑蜡黄的肤色，使皮肤白皙粉嫩。
肤色：调和肤色不均或遮盖细小瑕疵，各类肤色均可使用。
白色：有提亮效果，使肤色呈现透明感。

b.修护精华：一种快速改善皮肤状态的产品，类似护肤产品，可补充皮肤的水分和养分，起到锁水保湿、防止过敏的作用。妆前使用可使底妆持久；也可以在妆后使用，修复化妆对皮肤产生的损害。

（2）妆后护肤产品

如卸妆油、卸妆露，可以有效去除面部彩妆，防止化妆品对于皮肤的侵害。油质的卸妆产品清洁能力更强，较适合处理浓重的彩妆。使用时，只需蘸取适量产品在面部轻轻打圈，直至彩妆溶解，再用水清洗即可。深层细致的卸妆是保护皮肤的重要环节。

2.粉底

粉底是化妆造型的基础用品，具有调和肤色、增强肤色、遮盖斑痕瑕疵的作用，让皮肤看起来均匀细腻，并修饰脸型，增强面部的立体感。在选择颜色时，一定要挑选与肤色相同或明度略高的颜色。

粉底的种类

液体类：水分和油质含量较高，而粉质较少，容易涂抹。适用于干性皮肤，但遮盖力较差，适合于化淡妆或皮肤较好的人使用。

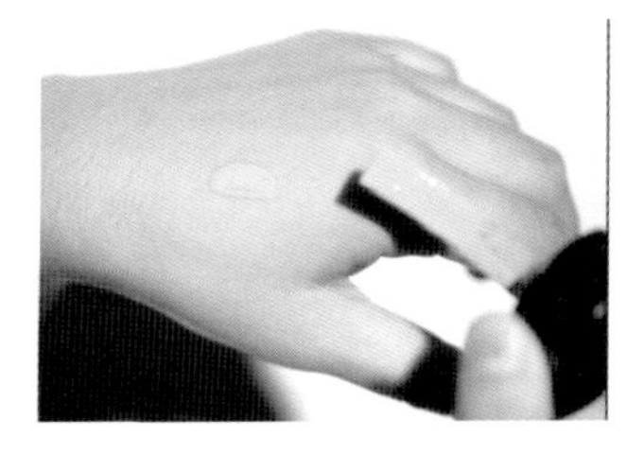

膏状类：粉质和油质含量较高，有很好的遮盖效果，适用于专业化妆造型。

3. 定妆粉

又称蜜粉、散粉，用于给全脸定妆，防止彩妆脱落，保持妆面洁净细腻，以质感细腻、光滑透明的产品为佳。色彩要选择与肤色接近的颜色，不可过白。对于皮肤较好的人，如果需体现皮肤的通透感，可适当使用珠光成分的定妆粉。
使用方法：用粉扑或蜜粉刷蘸取适量定妆粉，先扑于面部，再以按压方式使其牢固，保持妆容持久。
专业定妆粉的选择要点：粉质细腻、滑爽、无黏腻和颗粒感。颜色自然、无遮盖力，可很好地还原粉质颜色，透明感强。防水性好，能较好地固定妆面，不易脱妆。

4. 眉粉、眉笔

常用黑色、灰色、棕色3种，一般选择与毛发或眼球相近的颜色。眉笔色彩饱和、笔芯偏硬，可流畅地画出线条。眉粉的色彩表现较轻柔，可描画出自然的眉形。此外还有类似睫毛膏的产品——染眉膏，它具有防水、不易脱妆的特点，可以对眉毛进行立体定型，适合在“裸妆”中使用，多选用棕色系的。

5. 眼影

面部化妆产品中色彩最为丰富的部分。常用的类型有哑光粉质眼影、珠光眼影，高珠光水溶眼影和膏状眼影。哑光眼影的色彩还原性较好，适合色彩表现力很强的妆容；珠光眼影带有光泽感，比哑光眼影更具亮度；高珠光水溶眼影可加水使用，具有金属光泽，色彩饱和、服帖、不易掉粉；膏状眼影质感轻柔，与皮肤贴合好，适合自然妆容。选择眼影时，应以质感柔细、色彩饱和度高、易上色、延展性好，且持久不脱妆的产品为佳。

6. 亮粉

眼影的辅助性产品，色彩丰富，同时具有绚丽的金属光泽，可以为眼妆增加质感和闪耀的效果，让妆容更为璀璨。

7. 眼线

增添眼部神采的重要产品，分为眼线笔、眼线液、眼线膏和水溶眼线粉4类。化妆师可根据妆容进行搭配。眼线液和眼线膏色彩浓重、不易脱妆，适合带妆时间较长的妆容；水溶性眼线粉的色彩浓度可自由调配，描画流畅但较易脱妆，不太适合爱流眼泪的人；眼线笔妆感自然，但因笔质较硬，要小心描画。刻画眼线时，要挑选具有防水配方、笔触柔滑、容易上色的产品。

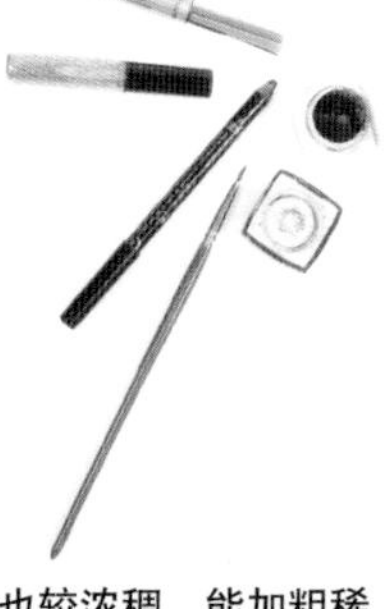

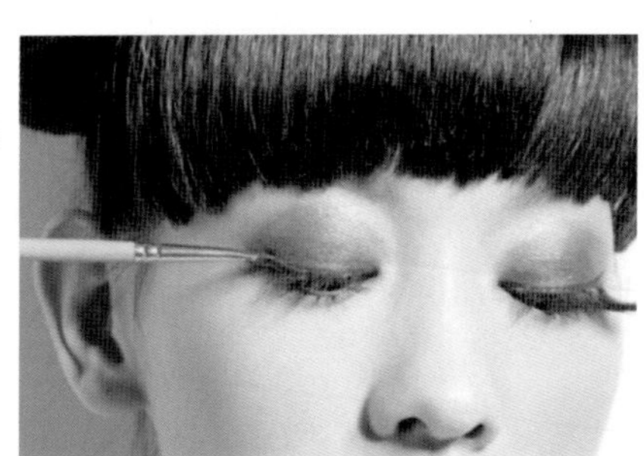

8. 睫毛膏

可以增强睫毛的效果，一般分为浓密型和纤长型。前者刷毛浓密，成分也较浓稠，能加粗稀疏、色淡的睫毛，使睫毛产生浓密的质感；后者纤维量多，适合睫毛短的人，可延长睫毛。另外有一些“双头”的睫毛膏，即其中一支为白色或透明色，多用于给睫毛打底，起滋润和保护作用。在睫毛膏的色彩选择上，除有适合东方人的黑色外，还有适合睫毛浓密的人使用的深灰色和适合淡妆的棕色，也有适用于夸张妆容的明艳色彩。
专业睫毛膏的选择要点：可抵御汗水、泪水，避免“黑眼圈”。质地轻盈、附着力强、快干、卸除方便。
专业睫毛膏的使用提示：采用Z字形刷法，可保证睫毛根部也涂抹上睫毛膏。睫毛膏的使用寿命约为3个月～6个月，为卫生起见，建议每3个月更换新品。使用后一定要拧紧盖子，防止膏体变干。如变干可加少量化妆水和乳液稀释，切不可加酒精类挥发性液体。

9. 腮红

可以增强面部的红润健康感，分为粉状和膏状两类。粉状腮红质地轻薄，容易控制干性皮肤。

专业腮红的色彩选择有以下几种。

成熟感：红色、棕色。

活泼感：高亮度的粉红色。

知性感：咖啡色。

健康感：橘色。

10. 唇膏、唇彩

处理唇部的专业产品。唇膏呈固体状，粉质多，附着力强，颜色饱和；唇彩呈液状，搭配唇膏使用，略带色彩的半透明状，可形成如水状的薄膜，让唇形饱满生动。选择时除了考虑到颜色外，其延展性也很重要，如唇彩是否能够均匀地覆盖在双唇上，而不产生色彩不均的现象。

11. 粉饼

粉饼分为干性和湿性两种。质感上类似于定妆粉，可以使肤色更柔和、均匀。干性粉饼适用于油性皮肤，湿性粉饼适用于干性皮肤，此类产品多用于外出补妆、按压油光。

12. 身体粉

主要用于裸露在外的身体皮肤，协调面部与身体的颜色。应含水分较多，较易涂抹。建议选择遮盖效果好、呈自然肤色的产品。

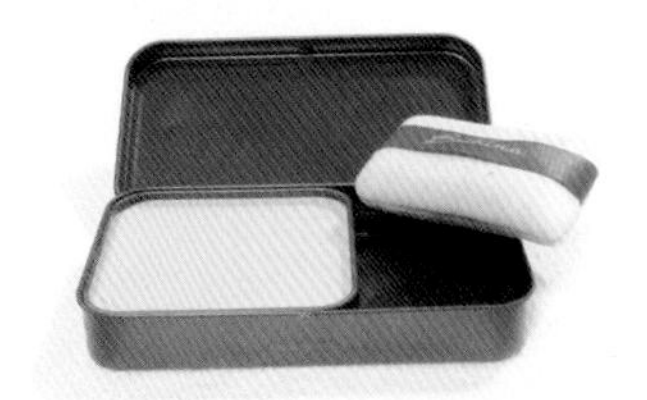

二 不同质地粉底的作用

粉底在化妆中的重要性：

正所谓“万丈高楼平地起”，地基尤为关键，化妆中粉底的妙用就如同地基一般，起到的作用不可小视。它不仅能够显著地改善肤质、修饰脸色、遮盖皮肤瑕疵、打造出健康的皮肤质感，还有助于其他彩妆品附着于脸部，让整体妆色更加亮丽、服帖，让面部更加精致。此外，不同质地、不同颜色的粉底还可以塑造出不同风格的妆效。

1. 液体粉底

优点：水分较多，呈半液态状，便于涂抹，易于上妆。使用后皮肤真实光滑，呈现出清透、自然、健康的光泽。

缺点：单独使用容易脱妆，对瑕疵的遮盖效果不够好。

涂抹方法：适宜用手直接涂抹，也可用海绵蘸取涂抹。

适合肤质：中性、干性、混合性皮肤，以及皱纹明显的皮肤。

2. 霜状粉底

优点：油脂和色粉含量都偏高，有较强的遮盖力和附着力。薄涂适用于浓妆。可以有效遮盖皮肤上常见的疤痕、黑斑、雀斑等。

缺点：质地较厚，使用时要注意色彩和粉底的协调，以免妆面给人不真实的感觉。另外，长时间使用容易阻塞毛孔，影响皮肤的顺畅呼吸。

涂抹方法：用海绵蘸涂。

适合肤质：干性、中性肤质。

3. 膏状粉底

优点：油脂和色粉含量较高，质感较厚，遮盖力强，具有较强的脸型修饰能力和增强面部立体感的能力。

缺点：肤质粗糙者会粘连角质层。

涂抹方法：用海绵蘸涂。

适合肤质：干性皮肤。

4. 粉状粉底

优点：含少量油脂，呈块状或固态粉状。多配有专用化妆海绵，使用简单，适用于直接上妆、定妆或补妆。对皮肤有较好的黏合力，不易脱妆。
缺点：需要化妆师具有一定的专业技巧，如果涂得过厚或不均匀会影响妆容。
涂抹方法：用专业化妆海绵均匀涂抹。
适合肤质：油性皮肤。

5. 蜜粉

优点：蜜粉也称散粉或定妆粉，是颗粒细致的粉末，具有吸汗和吸油脂的功能。使用蜜粉的目的是固定妆面、防止脱妆、减少妆后的油光感、增强化妆品的吸附力。它还具有缓和过浓妆色的作用，使晕染的色调更加柔美。
缺点：不太方便随时补妆。
涂抹方法：用刷子轻扫。
适合肤质：各种皮肤。

6. 干湿两用粉底

优点：遮盖力较好，不易脱妆。干用时可令皮肤柔和而真实，蘸水使用则可将皮肤打造得滋润透明、自然细腻。
缺点：经常使用会使皮肤变得干燥。
涂抹方法：用干海绵或粉扑直接涂抹，也可用微湿海绵直接按压。
适合肤质：任何肤质，四季适用，日常生活妆、补妆。

三 不同肤质与粉底的选择

1. 干性皮肤

皮肤特征：皮肤干、缺水、易长皱纹，但一般肤色较白，毛孔细。
适用粉底：油份含量多的霜状和液体粉底适合干燥肌肤，因为它们具有保湿滋润的作用。 
上妆方法：上粉底前，应先用足量的柔肤水、滋润型乳液来做肌肤的滋润工作，然后再涂抹粉底。

2. 油性皮肤

皮肤特征：面部偏油，油脂分泌旺盛，毛孔较粗大，易长痘痘，但皮肤弹性较好。
适用粉底：可选用干湿两用粉进行底妆的处理，颜色上适宜选用比皮肤颜色深一到两号的颜色，切不可选用滋润型粉底。上完粉底后，一定要用粉饼和散粉进行定妆。在散粉选用上，应挑选粉质细腻的粉底，以起到控油的作用，让脸色看起来自然、透明。
上妆方法：先在面部涂抹具有控油和补水功能的护肤品，给皮肤保湿，然后再上粉底，上完粉底，再用粉饼或散粉定妆。

3. 混合型皮肤

皮肤特征：面部的T字区呈油性，但脸颊与眼睛四周呈干性。当油性与干性差距过大时，常常不易上妆，容易脱妆。
适用粉底：在涂粉底的时候应该着重在T字区控油，宜选用具有控油功能的液体粉底。
上妆方法：上妆前要做好基础护肤，将化妆水拍在整个脸部，然后用保湿型乳液涂抹在较干燥的部位，油性部位则少量涂抹。对于容易脱妆的部位可涂抹蜜粉。涂抹液体粉底后，用干燥的海绵轻按在前额、鼻、嘴四周，吸取分泌过剩的油脂，或在偏油的部位用干粉进行定妆。

4. 敏感型皮肤

皮肤特征：皮肤薄、敏感、易受刺激。这种皮肤一般都比较白、毛孔较细小、毛细血管明显、面部偏红。
适用粉底：最好选择带有抗过敏功能的粉底。
上妆方法：针对这种发红又薄的皮肤，底妆要薄而透，可先选用绿色的修颜液代替粉底，调整偏红的肌肤，然后用定妆粉定妆。需要注意的是，给敏感型皮肤化妆时，应先对化妆品进行测试，以免引起皮肤过敏，另外化妆时力度要偏轻一些。

四 不同肤色与粉底的选择

1. 肤色暗沉

可选用紫色的修颜液来改变暗沉、无光泽肤质，使用后会让脸庞自然散发出红润的光泽。紫色蜜粉还有一个妙用，就是当模特有黑眼圈或眼皮浮肿时，可以将蜜粉轻柔地刷在下眼圈，这样就可让黑眼圈看起来不那么明显。

2. 肤色苍白

对于肤色较白、没有血色的人，可以用粉色粉底来进行面部的修饰，为面部渲染出红润、健康的感觉。此外，要让双颊呈现出红润剔透的妆容，使用粉红色蜜粉的效果要比涂抹腮红更自然。

3. 肤色偏黑

如果面颊有小黑斑、雀斑或明显的疤痕、痘痘等瑕疵，蓝色粉底就是最理想的遮瑕工具了。蓝色具有良好的视觉转移功能，在眼睛下方与整个脸部刷上蓝色粉底，不仅可以遮瑕，还可以提升妆容的立体感。

4. 肤色发红

绿色的调色粉底可抑制发红的皮肤，让肌肤光滑、白嫩、自然。如果脸庞容易过敏，有红斑，轻柔地刷上绿色蜜粉，也能呈现出立体的明亮感，瘢痕不再明显。需要注意的是，绿色粉底不可使用太多，以免面部泛葱绿色。可在原有的粉底中，适量加入绿色粉底调和使用。它较为适用于鼻翼两侧及脸颊两侧最明显的发红处。

5. 肤色偏黄

暗沉、无光泽、偏黄的肤色会给人萎靡不振、不健康的感觉，此时我们可选用紫色的粉底来改善肤色。它会让脸庞自然散发出红润的光泽，同时还可减轻黑眼圈浮肿的现象。

6. 古铜肤色

对于亚洲人中肤色较深或古铜肤色者可选用黄色的调色粉底来修饰面部，调节肤色。东方人肤色偏黄，黄色的调色粉底与自然肤色相近，使用它不仅可以让肤质显得细致、自然，而且不会给人卸妆前后判若两人的感觉。

五 涂抹粉底的工具及步骤

1. 工具

涂抹粉底的工具主要有手、粉底刷和海绵。手是最方便、最贴心的工具，操作容易，而且易于掌控力度，但容易留下指纹，并在眼底、下巴和鼻翼等细节处容易出现粉底涂抹不均匀的现象。另外，手温会影响粉底质地，因此很多化妆师都习惯将粉底刷和海绵结合起来使用。粉底刷的好处是不会吸收粉底液，可将粉底很薄很均匀地刷在肌肤上，之后再用海绵轻轻按压全脸，可以让粉底分布得更加均匀，与肌肤贴合得更加完美，不易脱妆。

2. 粉底涂抹步骤

步骤 1. 在打粉底之前，先使用盖斑膏将黑眼圈遮盖。

步骤 2. 由上向下，力度适中地用粉底刷来涂抹粉底。

步骤 3. 在涂抹完全脸之后，用少量粉底涂抹眼部四周，眼部四周的粉底不宜过厚。

步骤 4. 待眼部粉底全部完成，用粉底海绵轻轻按压，使粉底更加牢固。

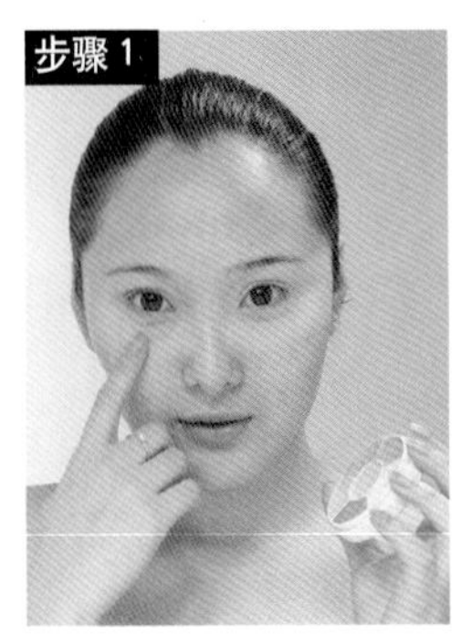

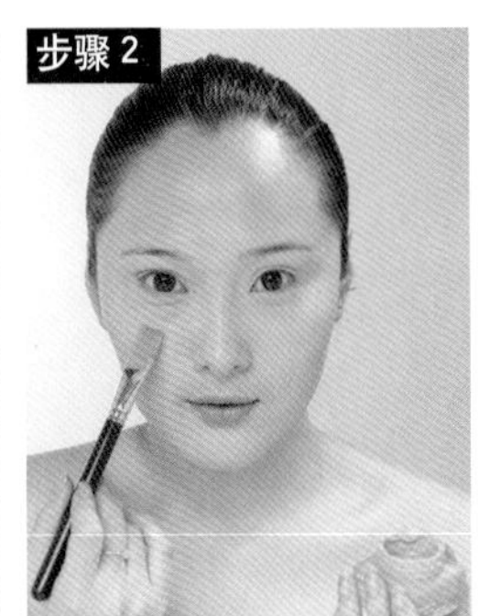

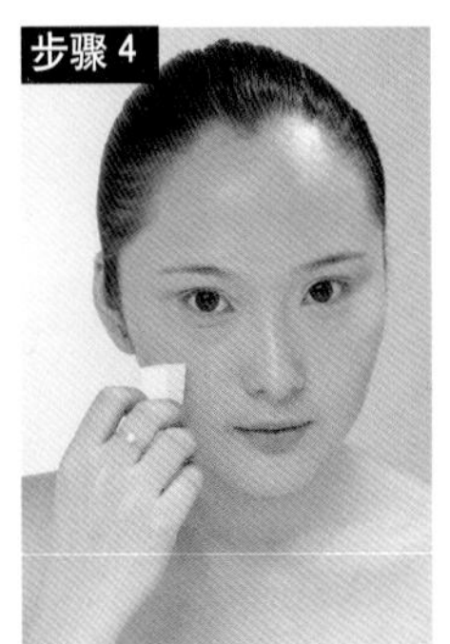

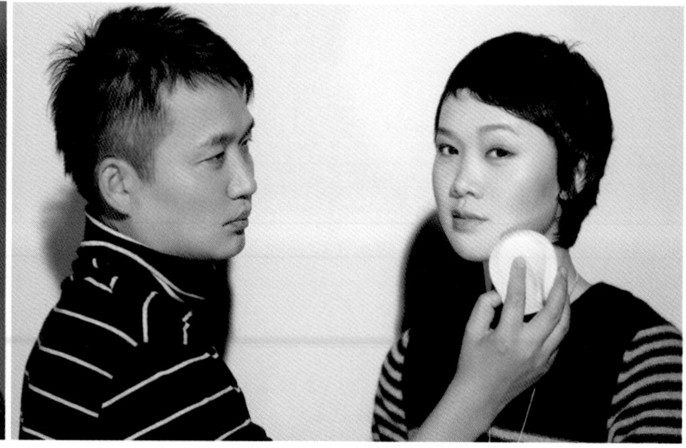

单独使用海绵也可达到无暇妆容，但海绵的选择非常重要：一是海绵的质地要细腻，孔洞要细密均匀；二是要有良好的弹性。海绵使用后要及时清洗干净。

六 眉毛的描绘方法

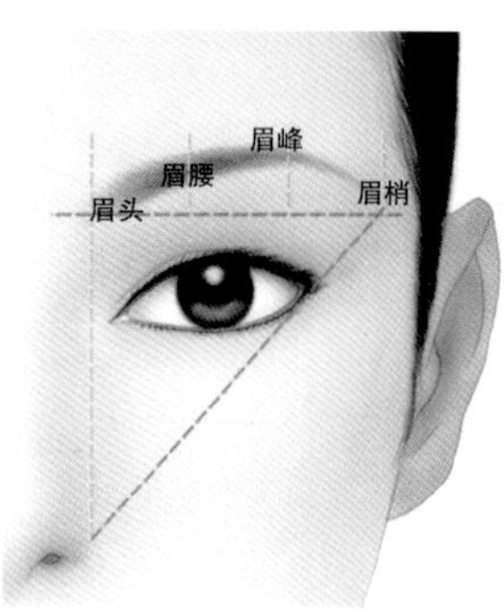

修饰眉毛的目的是让脸部的表情更加丰富，眉毛的长短及弧度可以改变脸型的长短和宽窄，因为眉毛的描画和眉毛颜色的明暗，可以给人以喜、怒、哀、乐的不同表情。眉峰的高低可以决定表情的强弱，眉峰的角度越大，表情就越强，在视觉上也拉长了脸型；眉峰的弧度越平滑，表情也就越柔和，在视觉上也就会使脸型变宽；如果眉头集中并加以深的色彩，便会给人产生多愁善感的印象；同时眉尾的长度也具有调节脸部大小的效果。因此在拍摄时，要比平时生活中更加注重眉毛的修饰。

选用黑色眉笔来描画眉形时，不宜化得太粗、太宽，应该以自然为原则。以头发的颜色和造型的需要作为参考，可以选择深浅不同的咖啡色、深灰色及黑色巧妙地加以混合运用，以得到自然又能与原有眉色相符的色彩。

修饰要点

在描画眉毛时，先以眉刷疏理眉毛，边梳边观察眉毛左右的平衡，并确认眉毛眉流并列的状态和浓淡，然后选择适当颜色的眉笔，顺着眉毛的生长方向，一笔一笔地补描，并顺着眉流方向向外延展。再以眉刷刷顺，刷服帖，刷出自然的层次感。如果想增加眉毛的立体感，使眉形看起来更具美感，可以选用眉胶或透明睫毛膏来给眉毛造型。
此外，为避免妆化好后，眉色在镜头中消减，可在完成之后再次检查一下，看是否需要调整补色。
如果你有两条杂草一般的眉毛会如何修整呢？按照我的步骤进行修整吧！

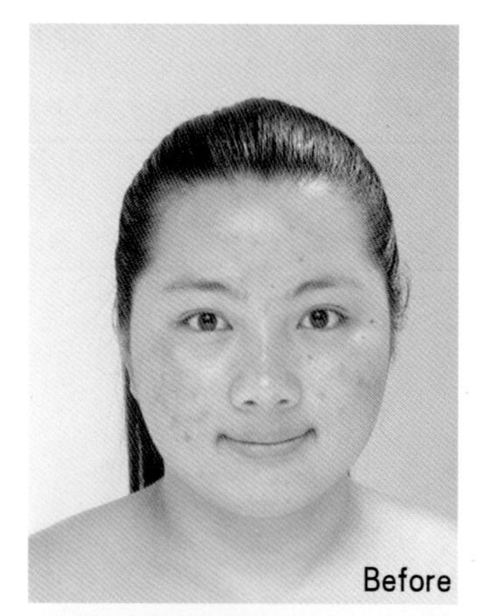

1. 首先我们先要选用螺旋刷将眉毛梳理流畅，并观察哪里的眉毛是多余的。
2. 我们可以选择眉钳来将多余的眉毛拔掉。
3. 或者选用修眉刀来将多余的眉毛去除。
4. 用眉剪将过长的眉毛剪掉。
5. 再用眉笔由眉头开始向眉尾描画。
6. 完成后的眉毛自然而工整。

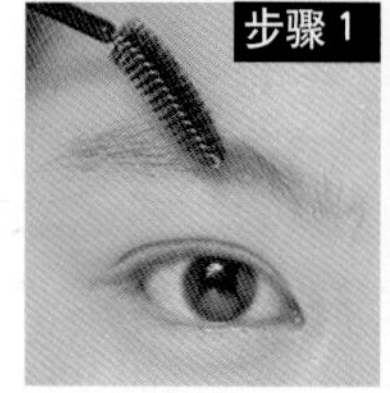

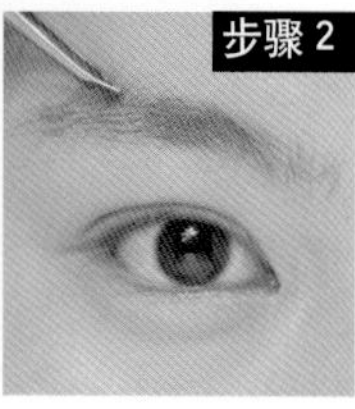

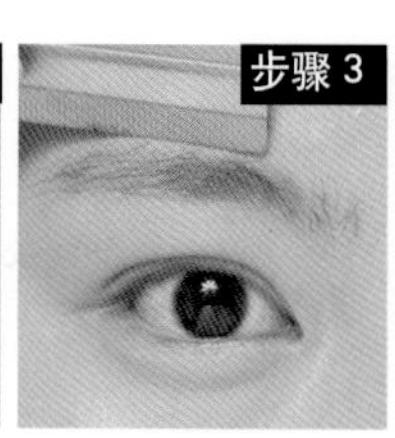

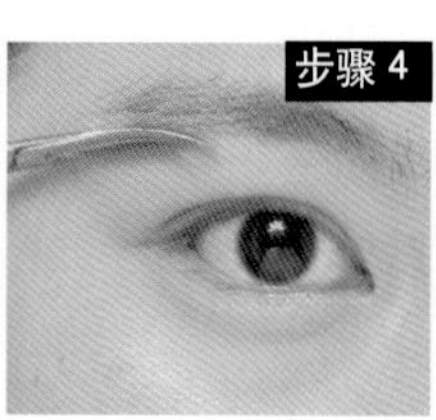

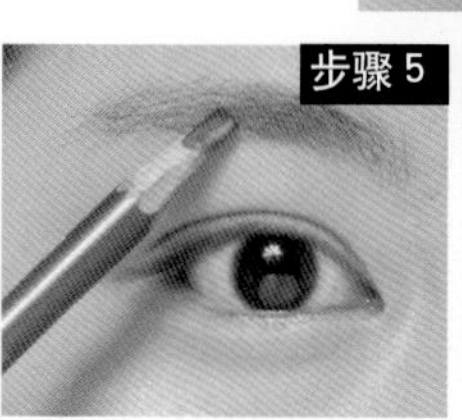

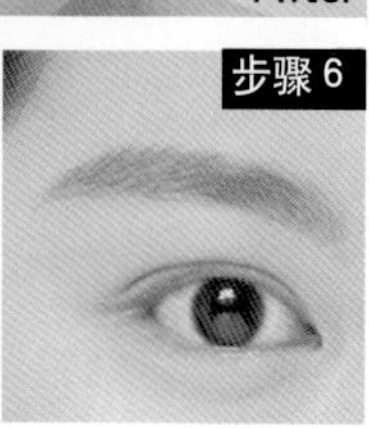

七 眼影的化法和技巧

“明眸善睐”是每一个爱美女性所追求的，在整体妆容中最受人瞩目的就是眼睛，正所谓“眼睛是心灵的窗户”，也是整个妆容中最难以描绘的。眼影的作用是增强眼部的立体感，并透过色彩的张力，让双眼明媚而动人。要想画好眼部的妆容，最重要的是选对眼影，并运用恰当的化妆手法。

眼影的类别

眼影有饼状粉质眼影、蜜粉质眼影、眼影膏和笔状眼影，他们的质地各不相同，使用方法也有差异。眼影的色彩十分丰富，化妆师在化妆的过程中，可根据整体妆容的需要，选用不同质感、不同色彩的眼影，通过恰当的搭配，运用适合的化妆手法，打造出理想的眼妆。

1. 饼状粉质眼影

饼状眼影由细粉压制而成，易于携带和使用，易上色，能使妆容更具持久性，适合描绘眼妆的细节部分。但由于它质地较干，容易出现浮粉。另外，粉状眼影不适合化单色渐层效果的眼妆，因为它容易给人厚重的感觉。饼状眼影还可以细分为哑光眼影、珠光眼影和水溶性眼影 3 种。

- 哑光眼影

色彩纯正，易上色，涂抹起来是粉质效果的，适合自然妆效、眼睛浮肿的女性。

- 珠光眼影

质地细腻，质感柔滑，易于涂抹，适合各类肌肤。细腻的亮彩和小闪光微粒将使双眼看起来更加明亮动人。

- 水溶性眼影

色彩明快，饱和度较高，上妆后色彩均匀服帖，具有金属般的光泽和质感。它是打造时尚个性妆容的最佳选择。

2. 蜜粉质眼影

粉质细腻、轻盈，带有轻微的闪亮光芒，用小瓶灌装，是画时尚闪亮眼妆的首选产品。

3. 眼影膏

膏状眼影是使用最方便的眼影，无需借助任何化妆工具，只需用手指就能将其推匀。它油脂量高，质地比较滑润，色彩的饱和度也较高。但由于富含油分，也较容易脱妆，需随时补妆。

4. 眼线笔

笔状眼影，便于携带和使用。由于其笔芯内眼影偏油性，晕染效果明显，但也容易脱妆，需随时补妆。

眼影的色调

眼影的色调可分暗色、亮色和强调色 3 种。暗色又称为收敛色，暗色调眼影适宜涂在想要呈现出凹陷感的部位，或者是有阴影的部位。像暗灰、暗褐等都属于此类。亮色调的眼影适宜涂在醒目、想到达到突出、扩张效果的部位，米色、灰白色、白色和带珠光的淡粉色等都属于亮色。强调色眼影没有明显的色彩划分，它可以是任何颜色，主要起到吸引人们关注的作用，以明确表达出化妆师的创作意图和妆面风格。化妆师在选用强调色眼影时，应考虑到眼影与整体妆容以及服装、饰品的搭配。

眼影的作用以及描绘技法

在化妆中，眼部的化妆是整体妆容中最能够显示出造型师创意的部分，正如形容眼睛的许多语言一样，"明眸善睐"、"眼睛是心灵的窗户"，通过这些优美生动的描绘，可见眼部在人们的感观世界里的重要性。同样在人的五官中，眼部是最可以传情达意之所在，眼部塑造的好坏，会直接影响到整体妆面的好坏。眼部的塑造需要根据眼部的骨骼结构，利用色彩的明暗和浓淡，来刻画眼部的立体感，并营造深邃的效果。

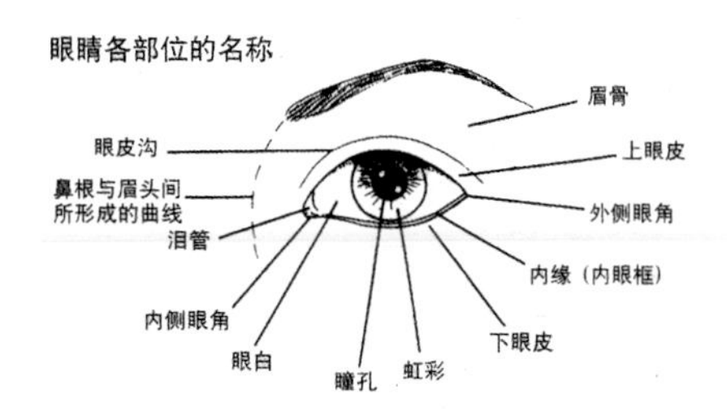

在摄影化妆设计中，眼部妆容的浓淡可以根据造型的需要而定，表现眼部的清晰和明亮是摄影化妆眼部塑造的重点。为了使双眸更加楚楚动人，必须沿着睫毛根部加深轮廓的颜色，眼影的颜色基本上应该与服装的颜色相互配搭。

通常在摄影化妆中，眼部化妆的颜色多以中性色调的色彩为主，中性色调柔和而不张扬，在眼部的表现上，会达到比较柔和自然的效果。除非有些特殊的表达需要，过于强烈而时髦的色彩会使拍摄出来的人像作品显得突兀而不自然。这些视觉效果强烈的色调可以用在作品创作中。在造型师自我创作或拍摄对象有特殊要求的时候，我们可以使用一些特殊质地和材料的眼影。但如眼影中带有过多银粉，容易产生反光，拍摄出的图片效果会打折扣，造型师在使用上应当尽量避免这种现象。

我们在学习的时候，首先要知道为什么要叫眼影。顾名思义，眼影就是眼部形成的影调，我们为什么要将那么多色彩运用到眼部，初学者应该了解，这些五彩缤纷的眼影色彩，是来刻画加深眼部影调的，这能够使眼部看起来更加深邃、更具神采。

在眼影的设计上，一定要根据拍摄对象的眼形和你想要表达的设计意图来选择相应的色彩。

眼影的描画方式

无论是采用不同色系、同色系还是对比色系的配色方法，都应顺着眼部眉骨和眼窝的自然骨骼形状描画，除非有特殊的造型需要。眼影有时候可以超过外侧眼角，但是以不超过眼睛宽度的 1/4 为原则。

无论何种眼形，也无论化妆的种类是什么，都需要遵循基本描画技巧，只要你掌握了眼影的基本描画方法，就可以在此基础之上进行再创作，但是在创作的基础上，要注重色彩的配搭和眼影所要呈现给观者的美感和所要表现眼影的目的。眼影的基本描画方法如下。

1. 渐层法

由深至浅渐变的描画方法，双眼皮内侧刷深色，眼皮沟至眼窝涂刷中间色或同色系的稍浅颜色，营造出眼部由深至浅的过渡效果，眉骨下方再刷上浅色。

Before

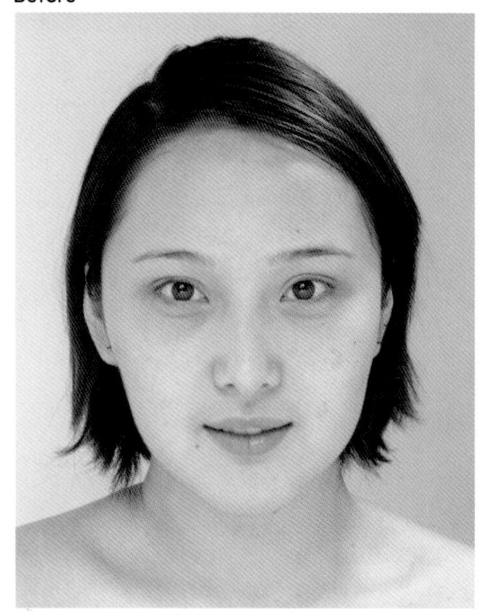

After

步骤 1. 用眼影刷蘸取深色眼影，在靠近睫毛根部的部位涂刷。

步骤 2. 用眼影刷蘸取深色眼影在下眼睑 1/3 处，由下眼睑外眼角向内，由浅至深涂刷。

步骤 3. 用眼影刷蘸取中性色使其与深色眼影自然融合，涂刷至眼窝处。

步骤 4. 用干净的眼影刷在眼窝处将中性色与粉底色自然相接。

步骤 5. 在眉骨处用浅色提亮。

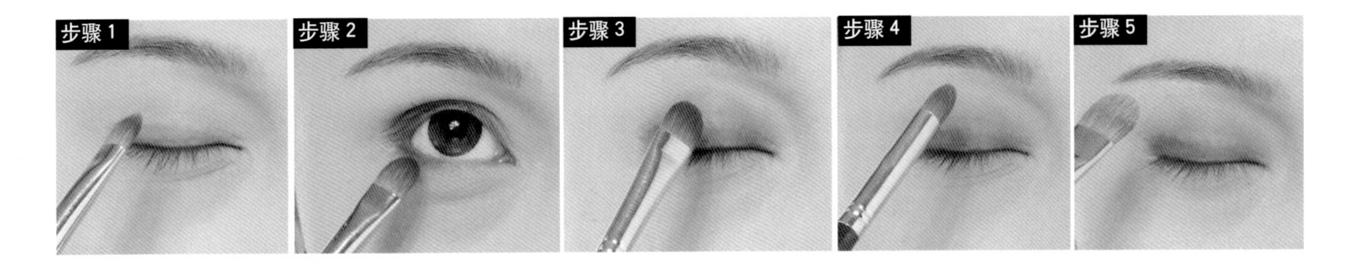

2. 两段式法

使用浅色由眉头刷至眼窝，将深色重叠在浅色上，由眼中部涂抹至眼尾处并向外侧渐变。

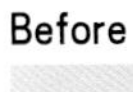

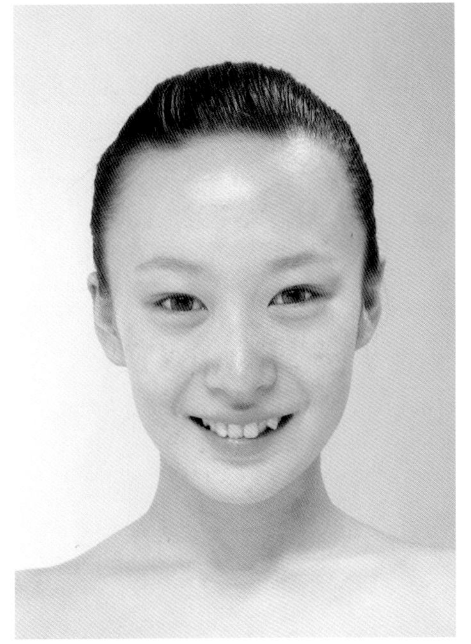

步骤 1. 用眼影刷蘸取浅色眼影，由眉头开始运用渐层的手法描画至外眼角的 1/2 处。

步骤 2. 用眼影刷蘸取深色眼影，由外眼角开始运用渐层的手法，从睫毛根部开始描画，晕染到距眼头 1/2 处，使之与浅色自然衔接。

步骤 3. 用眼影刷蘸取浅色眼影，由下眼睑眼头晕染到下眼睑 1/2 处。

步骤 4. 用眼影刷蘸取深色眼影，由下眼睑眼尾部向中部晕染，使两种色彩自然融合。

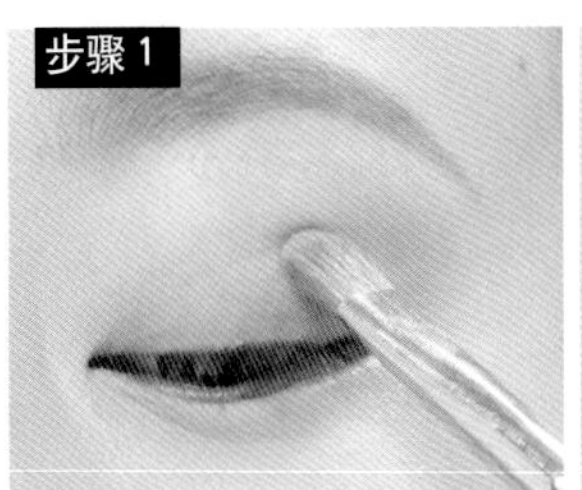

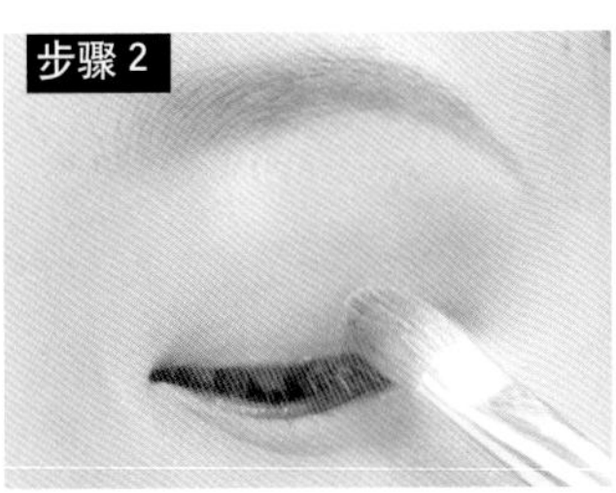

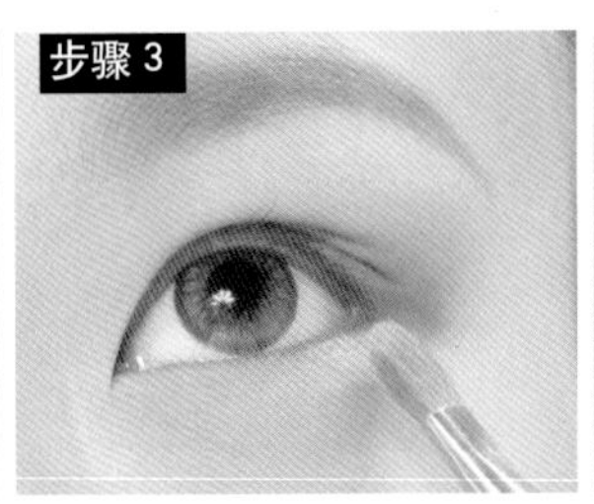

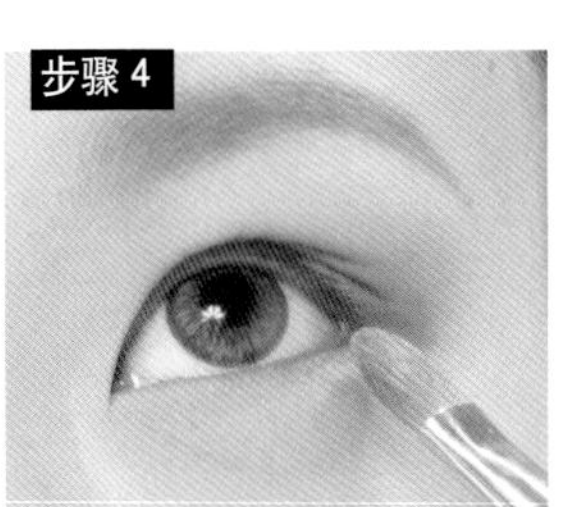

3. 三段式法

将眼部垂直分为 3 个部分，眼头、眼尾处涂抹深色，眼中部则涂抹浅色眼影。

Before

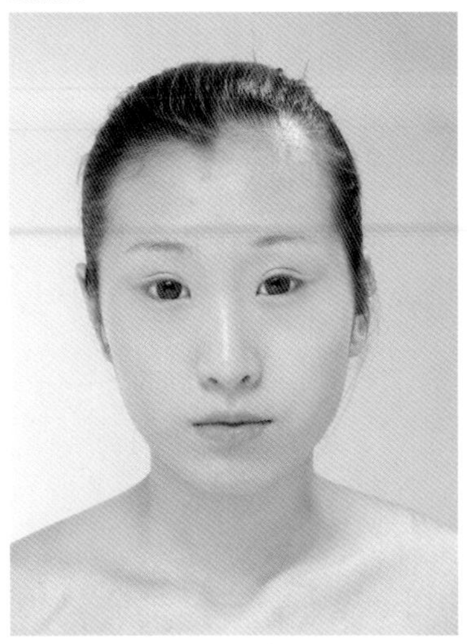

步骤 1. 用眼影刷蘸取深色眼影，由眼头从睫毛根部开始，运用渐层的手法向眼中部涂抹到 1/3 的位置消失，色彩过渡要自然。
步骤 2. 用眼影刷蘸取深色眼影由眉尾从睫毛根部开始，运用渐层的方法向眼中部涂抹到 1/3 的位置消失，色彩过渡要自然。
步骤 3. 选用浅色在眼窝中部从睫毛根部开始，运用渐层法涂抹至眼窝位置消失，与两个深色之间的色彩过渡要自然。
步骤 4. 用眼影刷蘸取深色眼影，由下眼睑眼头处涂抹至外眼角睫毛根部 1/3 处，由深至浅，变化要自然。
步骤 5. 用眼影刷蘸取深色眼影，由下眼睑眼尾涂抹至下眼睑眼头睫毛根部 1/3 处，由深至浅，变化要自然。
步骤 6. 用眼影刷蘸取浅色眼影，涂抹在下眼睑中间 1/3 处，使其与两个深色自然融合。

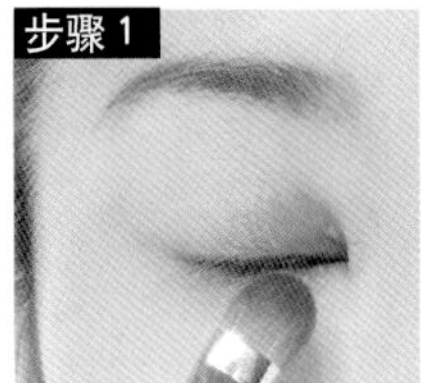

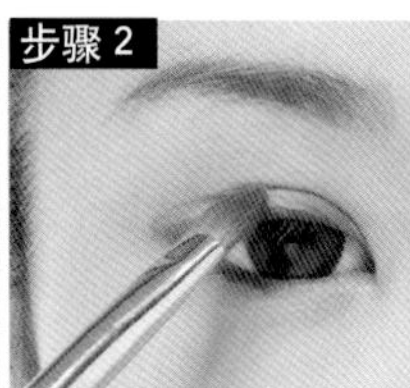

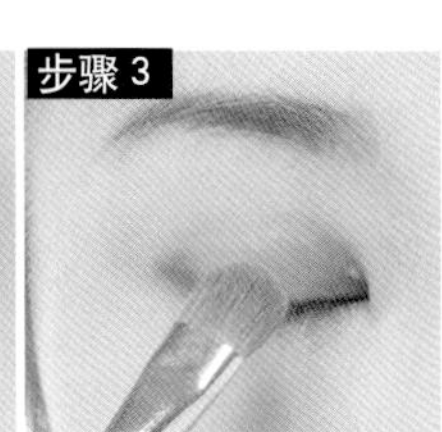

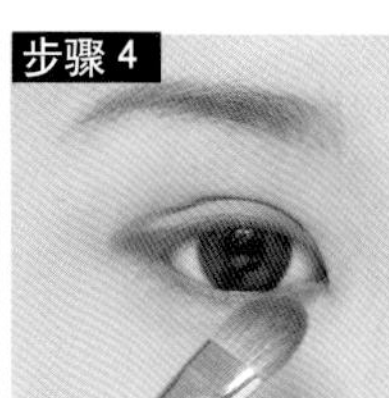

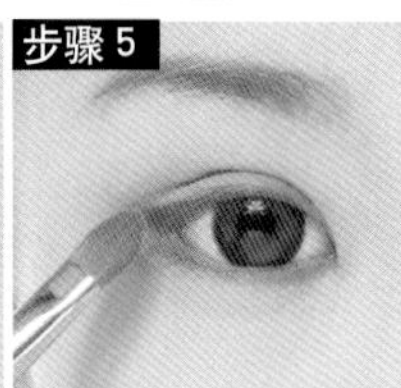

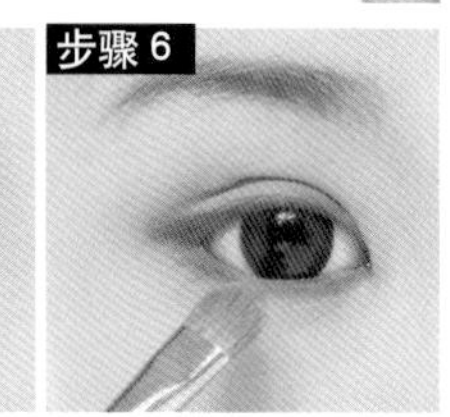

4. 欧式法

在睫毛边缘至眼尾外侧与眼皮沟上涂抹深色眼影，形成 V 字轮廓，其他部分不上眼影或涂抹浅色眼影，营造眼部深凹的效果。

Before

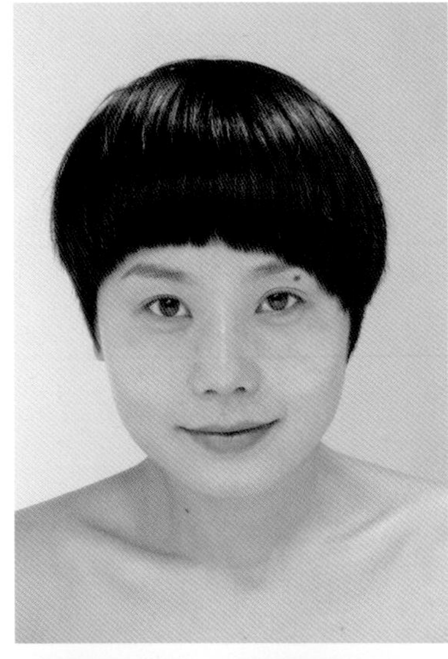

步骤 1. 用眼影刷蘸取深色眼影，将深色眼影从上眼睑的睫毛根部晕染到外眼角，然后沿着眼窝的结构线将眼影从眼尾由深至浅晕染到眼窝的 2/3 处。

步骤 2. 用眼影刷蘸取深色眼影，由下眼睑的眼尾处向下眼睑的眼头由深至浅晕染。

步骤 3. 用黑色眼影从上眼睑的眼头处开始沿睫毛根部晕染到外眼角，注意黑色眼影的面积要小于深色眼影的面积。

步骤 4. 用黑色眼影在下眼睑的眼尾处加深。

步骤 5. 用浅色在上眼睑中部加以提亮，与深色相接自然流畅。

步骤 6. 用浅色在眉骨处提亮。

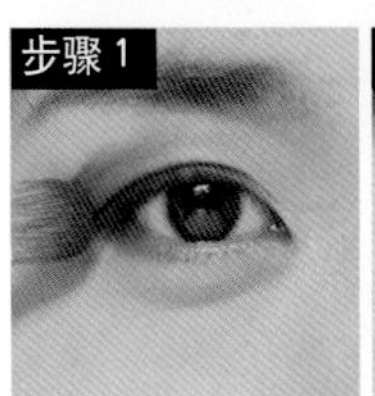

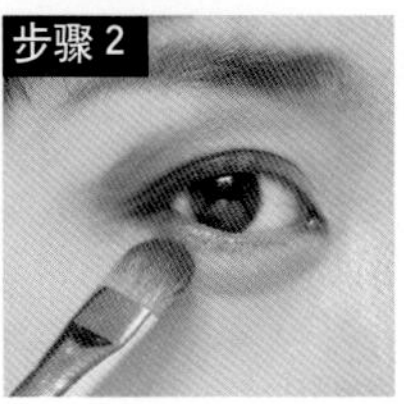

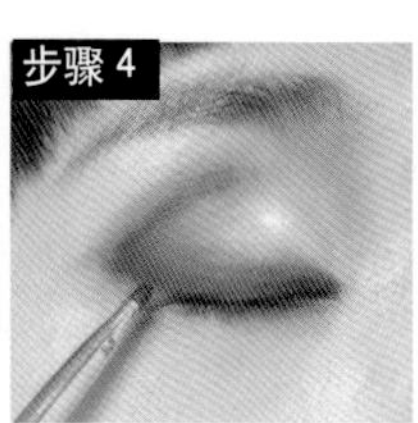

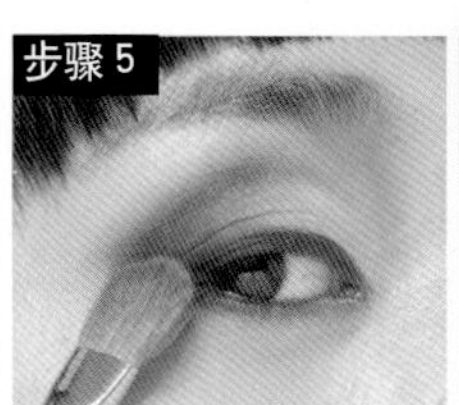

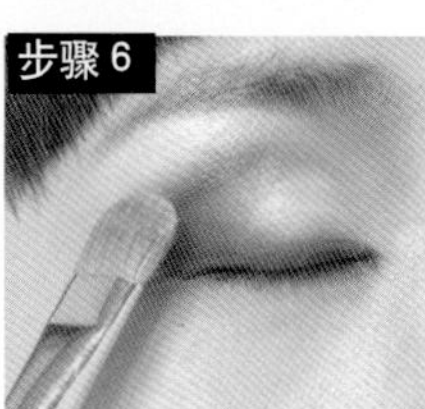

以上是最基本的眼影描绘技法，我们在学习时要深刻领悟，在此基础上，可以演变出多种眼影的画法。万变不离其宗，时下流行的烟熏妆就是由层次法演变而来，在面积上扩大，而技法依然。掌握基础才是学习的重点，在此基础上，将各种技法相互混合运用，就可以令造型师在创作中产生变化无穷的创意，并达到意想不到的妆面效果。

杂志 & 广告中常见的眼影画法解析

这种单色眼影可以像渐层法一样由深至浅地晕染，也可以直接单一地涂抹在眼窝处。这是一种简便而易学的方法，多用于日常化妆中。

这种大面积渲染的眼影，最基础的涂抹方法来源于渐层法，只是将其面积扩大，从而更具有戏剧性和视觉张力。

这款眼影来源于段式画法，在色彩运用上更加大胆，在表现上更富于张力。

这款眼影来源于欧式画法，只是更加强调了线条的感觉，省略了晕染的成分。

这款眼影的创作来源是渐层法，
只是将其晕染面积增大，
在下眼睑的刻画上同样也采用了渐层法，
构成了一种烟熏的效果，从而更具视觉冲击力和侵略性。

这款眼影混合了渐层法和欧式法，再与鼻影用相同的色彩连接，是一款两种基本方法混合创作眼影效果。

这款眼妆来源于渐层法，只是将重点放到了眼尾部，起到了拉长眼尾的作用，更具视觉效果。

八 描画眼线的化妆品和工具

眼线用来加深和突出眼部的彩妆效果，使眼睛更具视觉冲击力。眼线在眼部的刻画上具有非常重要的作用，常用的眼线描绘用品有以下几种。

眼线笔：外形类似铅笔。可使用特制的卷笔刀或小刀去除多余的木质部分，或改变笔头的粗细。描画眼线时应该沿着睫毛根部描画，并且使用比眼影略深一些的眼线笔，上眼线粗，下眼线略细，这样能够使眼睛看起来乌黑有神。用眼线笔描画的眼线可用手指晕染成比较柔和的效果。

眼线液：又称软性眼线笔，作用与眼线笔一样，能够凸显眼睛的线条。但用眼线液描出来的眼线较为浓密，相对线条也更加明显。与眼线笔相比较，眼线液有两个很明显的特点：一是不容易晕妆，持久性好；二是线条流畅、突出、逼真，适合画凸显眼线、时尚感强的妆容。眼线液对化妆师的技能要求相对高一些。

眼线膏：质地适中，介于眼线笔与眼线液之间。眼线膏没有眼线液难操控，描画出来的眼线不会像眼线笔那样粗犷，使用起来更加滋润细致，效果也很不错。眼线膏的优点是：1. 颜色饱满，选择的范围较广泛，从紫色、绿色到前卫的银色，一应俱全；2. 质感表现力佳，能够恰到好处地表现出哑光、金属光泽、珠光等妆效；3. 持久性强，基本上能保持一整天清爽而不会晕妆。它可以算是描画眼线的最佳工具了。

水溶性眼线粉：线条流畅无间断，色泽纯正，不易脱落。用眼线粉描画出来的眼线效果较为自然。适用于主题性强的妆容，可根据主题在无形间调整眼部轮廓。使用眼线粉画眼线的最佳方法是“点线法”，即将扁平的眼线刷毛头蘸上少许水，再混和眼线粉，以 45 度的角度点按在睫毛根部，再用眼线刷刷均匀即可。画粗眼线时可选用笔形刷，画细长眼线时可选用尖头状眼线刷。

九 眼线的种类

眼睛有各种不同的形状，在描画眼线时，应根据脸型和妆面的不同描画出相符的线条。眼部线条的恰当与否将直接影响到人物的面部表情。眼线的描画标准是上粗下细，比例以 7：3 为宜。我们通常描画的眼线有以下 4 种。

自然眼线：在描画自然眼线的时候，仅需在上眼睑最靠近根部的位置描画出上眼线即可，下眼线可画也可不画。

复古眼线：用眼线笔勾画上眼线，要描绘出精致、有造型感的线条，表现出女性化的眼神，在上眼尾拉长眼线更能展现复古、妩媚的神韵。

框画式上下眼线：要想突出表现眼妆或面部妆效，可将上、下眼线都框画起来，让眼妆具有较强的戏剧性和设计感。

标准眼线：先画上眼线，沿睫毛根部从内眼角开始反复描画至外眼角，内眼角处的线条要画得细一些，颜色也浅一些。外眼尾可微微上翘，让人物显得更加精神。下眼线从外眼角至内眼角，一般画至眼睛长度的 1/3 处逐渐消失，将眼线画在睫毛根部外侧。需要注意的是，眼尾的线条处理要细致，颜色由深到浅。

十 眼线的描画技巧

首先粉底要打均匀，定妆要实，避免出现眼部出油的现象。这样眼线的妆效才能持久、不易晕开。
笔尖要圆润干净，下笔要轻，用笔侧峰描画曲线可避免画出过重、过粗或过厚的眼线。

要采用“渐进式”的重叠上色法，尽量画在接近眼睫毛的根部，慢慢地将眼线描绘出来。
千万别在眼线与眼皮之间留一条空隙，用“填”的方式将睫毛根部的空隙填满。
眼线的颜色也是非常重要的。万无一失的颜色仍然是铁灰色及黑色，这两种颜色很适合东方人。鲜艳的色彩如橘红色、红色及金色系运用得较少，可随着整体面部及眼部的彩妆来配合使用。另外在画彩色眼线时要注意，眼线颜色与瞳孔的颜色应尽量协调。

眼线的基本画法

Before

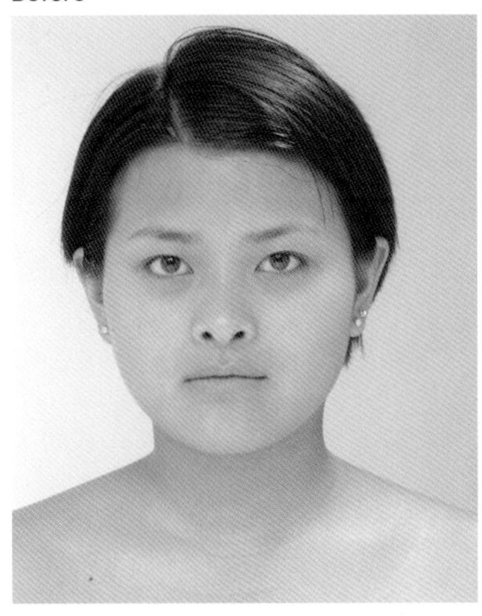

After

步骤 1. 使用眼线笔前，先将笔芯削成扁平状或用转笔刀削成尖形，这样描画起来比较方便。描画眼线时，用眼线笔先从内眼角开始描绘。为了更好地掌握眼线的走向，要沿着睫毛根部反复地描画。眼线色的浓淡可根据妆面风格确定。

步骤 2. 从内眼角至外眼角分段反复描画，并用眼线笔填满睫毛根部的空隙。

步骤 3. 抬起眼尾处的眼皮，将眼线拉长，以达到让眼睛变大的视觉效果。眼尾处的线条可以比眼头的线条略粗一些，线条要干净、流畅。

步骤 4. 从距离外眼角的 1/3 处开始画上眼线，并描画出眼尾上扬的效果。一定要记得填满睫毛根部的缝隙，将贴膜处于睫毛根部的空隙完全填满。画上眼线时，内眼角处的线条要画得细一些，颜色也略浅；外眼角处的线条要画得粗一些，颜色略重，于眼尾处微微上扬，这样可使人物显得更加精神。

步骤 5. 在画下眼线时要从眼尾开始画，紧贴睫毛根部细细描绘。下眼线可从外眼角画至内眼角，将眼线画在睫毛根部的外侧，一般画到眼睛长度的 1/3 处时，眼线颜色应逐渐变淡消失。需要注意的是，眼尾的眼线处理要细致，颜色由深到浅。

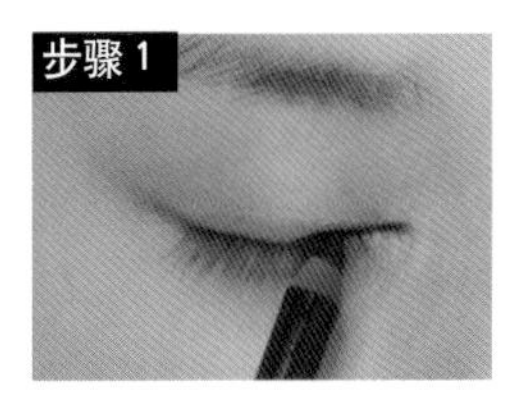

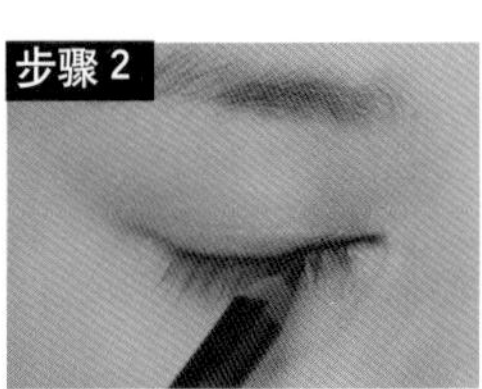

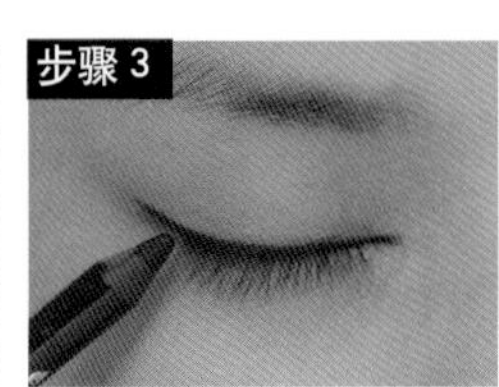

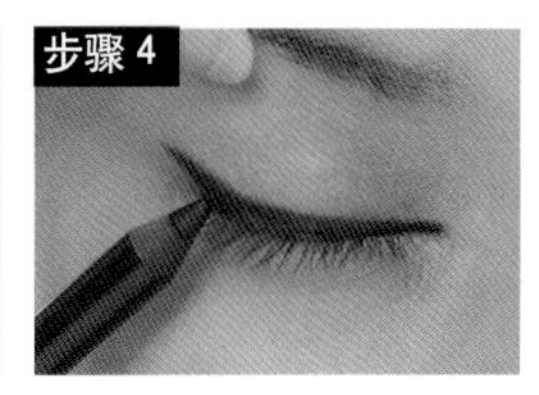

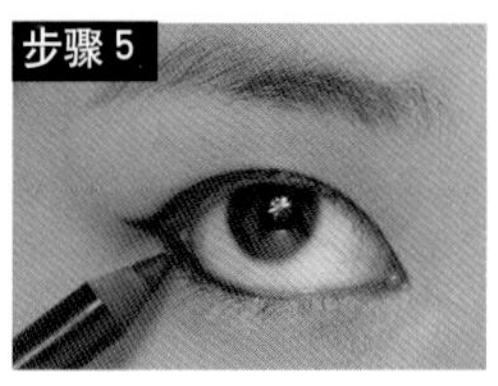

画眼线常遇到的问题

1. 当眼线画得弯弯曲曲而不够顺畅的时候，可用棉棒蘸取一点卸妆乳或者卸妆油，擦拭需要修正的眼线，再重新打粉底、定妆、描画眼线。
2. 白色眼线笔的使用方法：白色的眼线常常运用在眼头和内眼角处，可以起到提亮眼睛的作用。将它画在上眼皮上，用指腹轻轻晕开，还可以起到给眼妆打底的作用。
3. 眼尾处眼线上扬的位置依眼形而定：如果眼尾有漂亮的上扬弧度，顺着眼尾平行往外画出即可；若眼梢略微下垂，千万不要顺着眼形描画眼线，而是应在接近眼尾且尚未下垂处开始上扬眼线。

总结：描画眼线一定要细致、流畅，要有虚实感，可用竖切的方法画入睫毛根部。同样长的眼线，如果在眼线的中心部位画得粗一些，就能达到缩短眼形、让眼睛变大的作用；如果将眼尾处眼线向后延长，就能起到拉长眼形的作用。这是我们常用的小眼画大、大眼画长的方法。不同的眼线还可以体现出人物不同的气质，比如把眼线的重点放在下眼线上，描画得略粗于上眼线，就会起到降低眼睛位置的作用，可以将人物衬托得活泼可爱一些；如果把眼线的重点放在上眼线上，可以起到提高眼位的作用，从而表现出人物成熟稳重的气质。

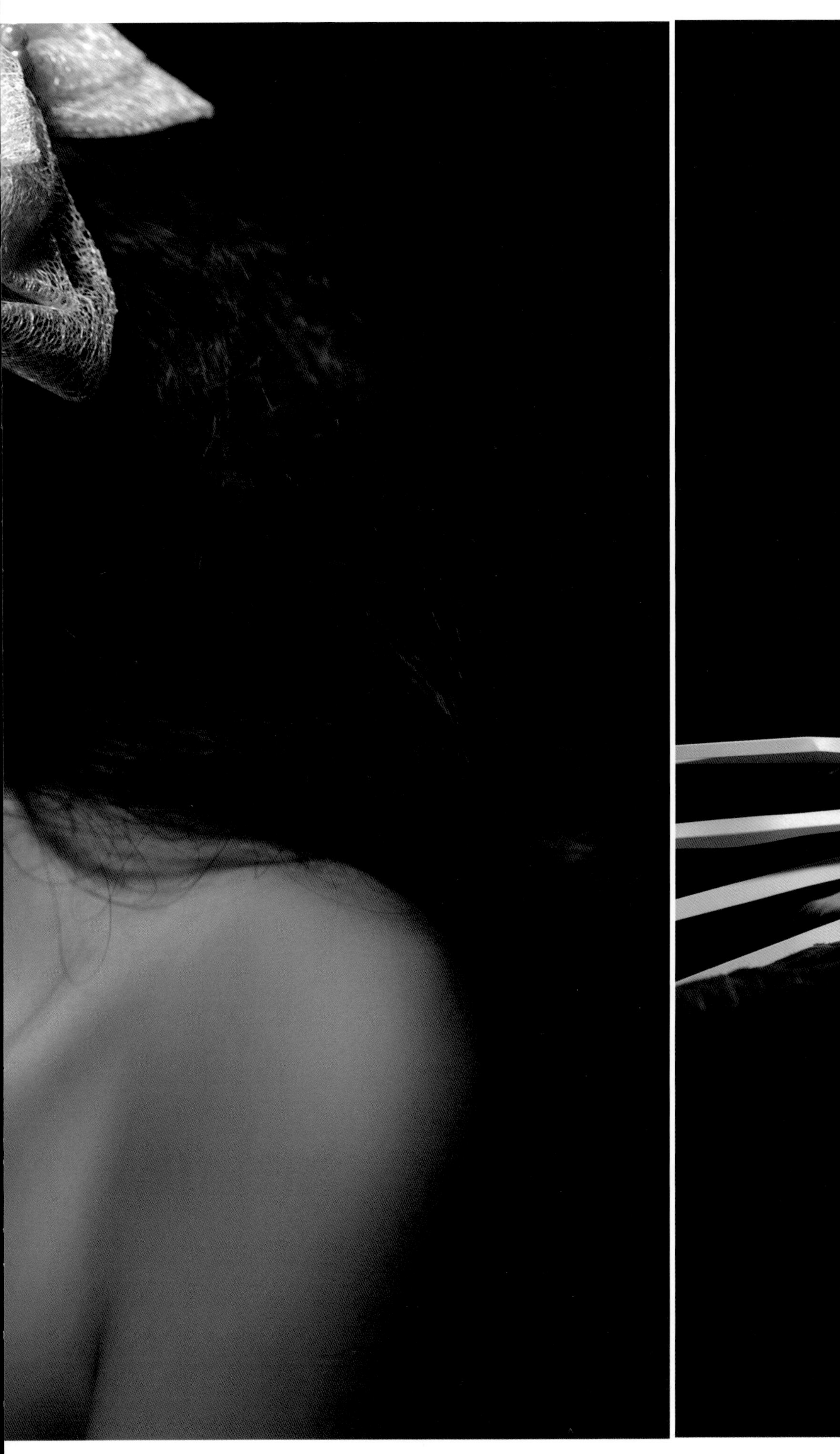

十一 唇形美化技巧

嘴唇是脸部肌肉活动最多的部位，通过对唇形的修饰，不仅能增强面部色彩，且有较强的调整肤色的功能。因此，唇部的修饰在面部化妆中起着重要的衬托和点缀作用。

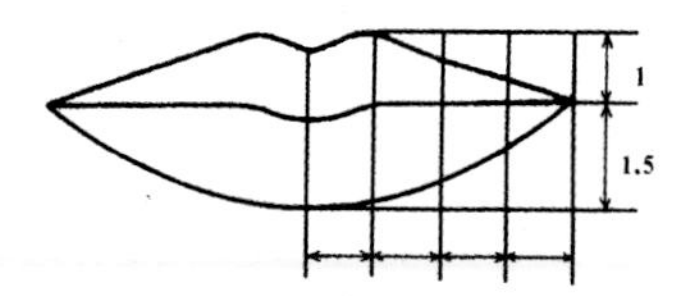

标准唇形

嘴唇是由上唇和下唇组成的，上下唇之间称唇裂。上唇中间有两个突起的部位称唇峰，两唇峰之间的低谷称唇凹，唇的两侧为唇角。

标准唇形的唇峰在鼻孔外缘的垂直延长线上；唇角位置在眼睛平视时，眼球内侧的垂直延长线上；下唇略厚于上唇，下唇与上唇的比例范围在 1：1 ～ 1：1.5；嘴唇轮廓清晰，嘴巴微翘，唇峰在从唇凹到唇角的 1/4 处；整个唇形富有立体感。

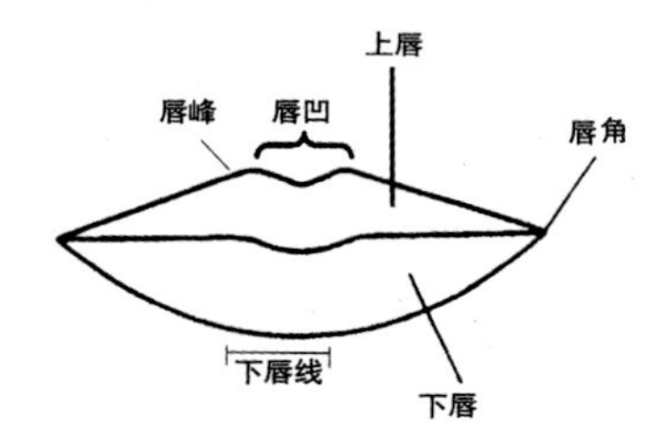

各类唇形的矫正方法

嘴唇是面部最为活跃的部位，也是最能体现女性魅力的部位。为了达到较为理想的唇形，主要通过遮盖、勾画等手段进行矫正。在唇形矫正中常用的手法有口红色彩的选择、唇形唇线的调整、高光色位置与面积的调整。

唇形厚大的矫正

外观特征：唇形有体积感，显得性感饱满。过于厚重的嘴唇会使女性缺少秀美感，而嘴角的外形过于宽大，也会使面部比例失调。

矫正方法：矫正重点在于运用遮盖的手法调整唇形的厚度，并强调唇部的立体感，形成一定的棱角。

步骤 1. 在涂底色时用粉底遮盖唇部边缘。

步骤 2. 用唇笔直接勾画唇形，将唇部轮廓向内侧勾画，勾画时要稍微向里收缩 2mm 左右。

步骤 3. 最后涂抹口红，这样可使外轮廓柔和一些，从而削弱人们对于唇部的注意力。宜选用中性色彩，不要用珠光很强的浅色唇彩，过浅或珠光很强的色彩会使唇部产生扩张感。

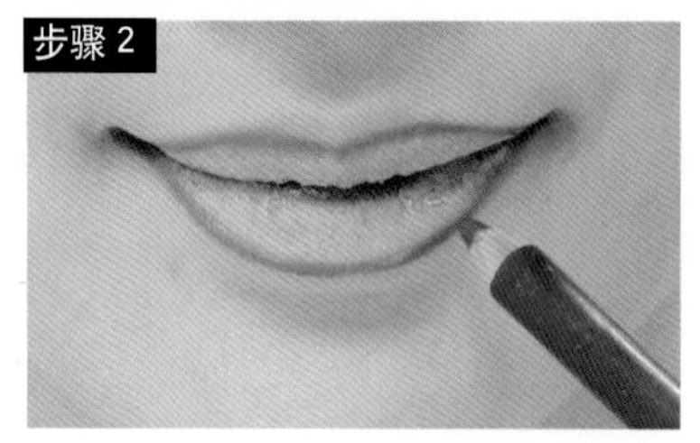

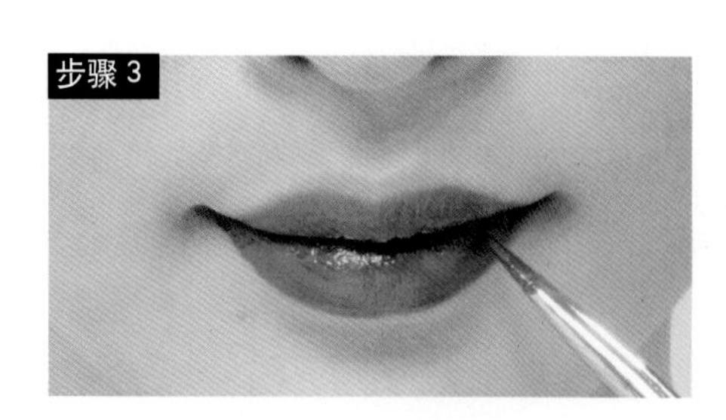

唇形薄小的矫正

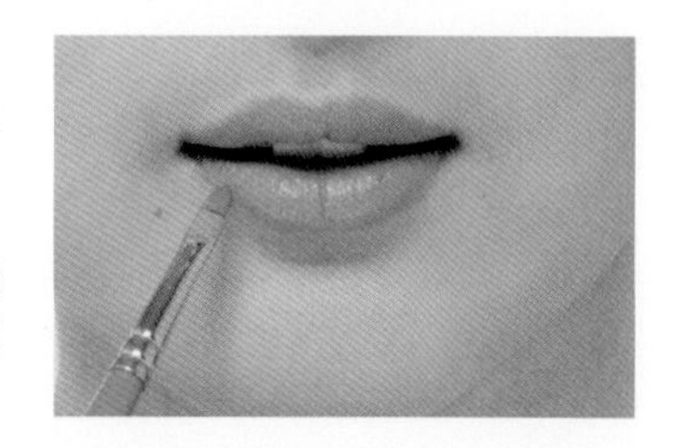

外观特征：上唇与下唇宽度过于单薄，缺少女性圆润的感觉。嘴唇的外形过于短小，也会使面部比例失调。

矫正方法：矫正重点在于利用唇线调整唇部的宽度和厚度，勾画出较丰满的形。用唇线笔将轮廓线向外扩展，上唇的唇线可描画得圆润些，下唇要增厚。在需要扩充的部位选用略深的口红与唇色相接，唇中部可用淡珠光色的口红或唇彩，使唇形更显丰满。宜选用偏淡、具有膨胀感的暖色系。

唇角下垂的矫正

外观特征：唇角下垂，给面部增添一种悲伤色彩，需要着重修饰。

矫正方法：矫正重点在于调整唇角的高度。在打粉底时，可在两嘴角处用提亮色提亮，从而使嘴角肌肉提升。画上唇线时，唇峰略压低，唇角略提高，嘴角向内收。描画下唇线时，唇角向内收敛与上唇形交汇，唇中部的唇色要比唇角略浅，以突出唇的中部。

鼓突唇的矫正

外观特征：唇中部凸起，有外翻的感觉。
矫正方法：采用转移视觉重点的方法，削弱对唇部的注意力。唇形应该采用稍稍模糊的处理方法，产生凹凸的效果。唇色不宜选用深色，也不宜选用过于鲜艳或珠光色的口红，宜选用中性色。另外可加强眼部的修饰，转移人们对唇部的关注。

平直唇形的矫正

外观特征：唇部轮廓平直，唇峰不明显，缺乏曲线美。

矫正方法：矫正重点在于强调唇部的轮廓结构。勾画上唇线时，用唇线笔勾画唇峰，并把唇角向里收，下唇画成船形。然后根据喜好选择口红色。

唇角上扬的矫正

外观特征：唇角上扬使人显得不够成熟。当然，唇角上扬的缺点并不明显，且唇形上扬的妆面会使人显得年轻、可爱，可以不做矫正或稍加矫正。

矫正方法：重点应放在下唇处，减弱上唇的上翘感。在打底时，上唇可使用比基本色略深的粉底，在人中处用棕色加深。画唇线时，唇峰不宜太高，应向两边打开，唇角可提高一些，加深下唇角。

TIPS：
唇线的选择与画法：唇线的勾画方法有两种，一种由嘴巴处开始，向唇中勾画；另一种是由唇中向唇角描画。唇线的颜色要与口红的色调一致，并略深于口红色。唇线的线条要流畅，左右对称。
涂口红：涂口红的方向与画唇线的方向一致。
涂高光色：在下唇中央用亮色口红或唇彩进行提亮处理。

十二 腮红的润色和修饰作用

腮红的画法
腮红不仅能够烘托妆容的气氛，还能造成视觉上的修饰，让脸部看起来变小，在设计整体化妆主题时往往还起着决定性的作用，它可以轻而易举地营造出不同效果的妆容，是完美妆容的点睛之笔。此外，亚洲女性面部一般缺乏立体感，腮红之所以显得尤为重要，就是因为它可以修饰我们脸型，使脸型变得更立体，并衬托出红润的健康气色。

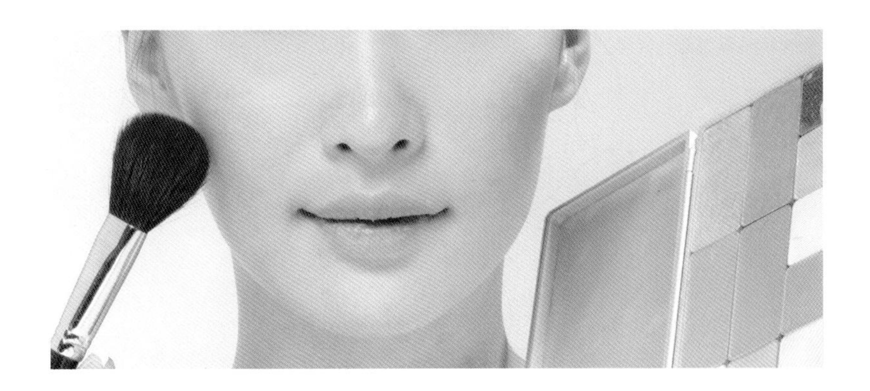

腮红的种类
腮红的质地通常有膏状、粉状和液状三种。膏状腮红可以使妆面持久，不易掉妆，融合自然伏贴；粉状腮红轻柔自然，容易晕染，可以使妆面更加完美无瑕；液状腮红色彩轻柔、浅淡，融合力较好。

膏状腮红

先打好基础粉底，使面部颜色均匀、自然服帖，随后直接在两边颧骨抹上相应色彩的膏状腮红，用手或小海绵轻轻涂开，让其与周围肤色过渡自然，浓淡适中。最后用手掌轻拍，使腮红更伏贴、均匀。

使用工具：小海绵、指腹。

粉状腮红

粉状腮红可以带来细腻的肌肤质感和真实的红润效果。用中号腮红刷蘸取适量腮红，轻扫在面颊正面偏上的位置。“轻”和“顺势”是粉状腮红晕染的关键。

使用工具：中号腮红刷

腮红饼（颊彩）

腮红饼是当今比较流行的腮红产品，具有一定光泽感，可以使妆面更富有时尚气息。用轻薄的定妆粉扑轻柔地拍打已经定妆的面颊两侧，以轻压、轻按的方式均匀涂抹，使之与面部色彩融合一致。

使用工具：轻薄定妆粉扑、干湿两用粉扑。

不同脸型腮红的画法

标准脸：也称椭圆形脸，无需过多的修饰，可在笑肌的位置用腮红刷配合浅淡的色系，由外往内以打圆方式刷上腮红，能够增强面部的红润感即可。

长型脸：三庭略长，视觉感较清瘦。涂抹腮红时应注意晕染的方向，腮红由鬓角、颧骨往鼻尖方向横向晕染，以增加面部的宽度。

圆型脸：面部较短，且腮部圆润。涂抹腮红时应避免横向拉宽，腮红由上往下尽量刷长，弧度加大，以拉长脸型。色彩应选择褐色系列以强化修饰效果。

方型脸：面部棱角分明，骨骼感较强，给人以冷峻、严厉之感。在腮红的涂抹上应避免直线条晕染，而是以弧度晕染为主，以减轻面部的棱角感。腮红由鬓角往颧骨上晕染，以弧度的形式刷至脸颊中间。

由字脸：额头偏窄，下腮部略宽阔。腮红的晕染位置不宜过高，可从比较突出的部位往颧骨侧斜刷，以减轻腮部的宽阔感。

申字脸：颧骨突出，中庭较宽。晕染腮红时应注意晕染不宜过长。将腮红从耳际稍上处往颧骨方向斜刷，颜色不宜太红。

腮红的选择

腮红的作用是增加面部的色彩，使得对象看起来更加神采奕奕，同时也起到修饰脸型的作用，所以腮红的选择和画法就显得尤为重要。

白皙肌肤：浅色系列的腮红适合肌肤白皙的女性使用，如粉色、浅桃色等，这类颜色的腮红容易与整体妆容搭配，看上去自然，比较接近皮肤本身的颜色和光泽。

黄色肌肤：亮粉色、玫瑰色或金棕色的腮红都非常适合亚洲女性的肤色，它能令人看上去更健康、活泼。但肤色偏红的女性要特别注意，如果涂抹了玫瑰色腮红，看上去会像喝多了酒。

健康肤色：橘红色、橄榄色和深桃红色的腮红都很适合肤色健康的女性，它不但能起到调整肤色的作用，还会令人看上去个性十足。特别是深桃红色腮红，俏丽而不失庄重；而橘红色腮红又能与金棕色妆容相得益彰。

晦暗肤色：大红色、酒红色和深紫色的腮红比较适合肌肤晦暗的女性，这类腮红在化妆时无需遮盖肤色，只要确定哪一种颜色能让自己看上去更加亮丽就足够了。酒红色腮红尤其适合灯光明亮的场所，以避免光线削弱面部的光泽。

不同妆效腮红的画法

自然妆效

突出本色魅力，选择浅淡的色系，如浅粉色或肉粉色腮红，轻轻刷在整个脸颊即可，不宜过于浓艳突出。

健康妆效

体现面部红润的色泽，利用粉红色、浅咖啡色、肉色腮红，横向刷在颧骨较高的位置上，营造出健康阳光的形象。

成熟妆效

能够体现成熟女性的优雅与知性。选择玫瑰粉、粉红色、粉紫色腮红，自颧骨下方往鬓角处斜刷，使用带层次感的刷法，营造出成熟妩媚感。

可爱妆效

娇小、活泼，突出少女的纯洁。选择具有透明光泽感的橙红色、粉红色腮红。以打圆的方式在笑肌位置由外往内刷上腮红。

“妆如其人”——学习化妆造型之前，先要修人，做好人，化好妆

第四章
光线、背景与化妆的关系

光线及背景的色调，不论暖或冷、明或暗，都会直接影响画面的气氛。也会对人物的面部表情和造型色彩有所影响。

红色、橘黄色的光线令人感到兴奋，蓝色的暗影令人感到舒畅。
我们通常认为色彩是自然赋予而无法控制的，实际上却不然。就像其他因素一样，通过视角、光线与背景的选择，色彩是可以控制的，甚至可以衍生出奇妙多变的背景。

一 如何掌控脸部用光

除了摄影师外，化妆造型师同样要了解光线的特征。在彩色照片上，我们看见的是色彩，而在黑白照片上我们看见的只是明度而已。即使是最细微的光线变化，例如光线的质、量和方向都足以影响到一张照片的主题。
在人像摄影时，五官及脸部的其他部位形成的轮廓，可以运用精湛的化妆技术，强调原本较突出的部位，同时掩盖有瑕疵的地方。此外，光线对脸型轮廓的影响也不可忽视。利用灯光的控制，可以使妆容取得完美的效果，同样，一个很好的化妆也能被不理想的灯光效果破坏掉。
所以，人像摄影的第一要素就是照明。可用不同角度、不同强度的光线强调某些特征，并使其他部分变得柔和，甚至模糊。

测光

侧光是为了取得某种效果而采用的照明光线。此种用光方式使人物形象富有立体感。
当灯光由侧面照明时，由于受到前额骨、鼻骨、上下颚骨的遮挡，脸部会形成强烈的明暗对比。
如果光源在照相机的侧上方，可以强调皮肤、头发及衣服的纹理，也可以强调个人的特征。更重要的是这种侧光所产生的阴影，能够使脸部具有立体感。

脚光

灯光由下往上照明的方法叫做脚光。在一般情况下很少使用，除非是为取得面貌怪异可怕的效果。如果想要制造恐怖气氛，可以使其与特效化妆相互搭配，从而达到显著的效果。

顶光

灯光来自头顶上。此种布光使得眼睛陷入眼窝内，同时在鼻翼、唇部四周形成阴影，额头及鼻梁偏亮，五官平坦，皱纹不明显。在这种灯光下拍摄拍出来的画面几乎都不美，唯有头发的质感和发型的形状相当明显。

正面光

直射的光线会使人物脸部的轮廓变扁平，其他细节消失。如果以一束主光由左上方打在脸颊上，另一束辅光由另一方向打过来，使脸部受光均匀，另外的灯光在背景做鲜明的反射，会给人以整体均衡的感觉。

所以，拍人物照片时，摄影大师大多采用此种布光方法。这种灯光非常柔和，不会在脸上形成阴影，而且脸部皮肤的色调均匀，表现完美。

二 光线对化妆色彩的影响

什么样的光线能使皮肤比原来的更漂亮？
什么样的光线会扭曲化妆的色彩？
什么样的光线会对画面气氛起到辅助作用？

想要有效地运用光线，必须培养对各种场合光线的感觉，因为同样的彩妆，在自然光下、办公室、餐厅、夜景以及摄影工作室中，会呈现完全不同的效果。
经常逛街的女性，大概都会注意到光线对商品的影响。如陈列在橱窗内的服装颜色，与在阳光下有很大的差别；为使水果的色泽有饱满、新鲜感，店家会利用紫外线灯照射。阳光在一天之中，从日出到日落不停地变化，同时也随着季节而不同，因此在同一景色中，阳光有着改变气氛和情调的作用。由此可见，光线对色彩的运用和色调的深浅具有极大的影响。

下面，我们根据不同的摄影地点，来探讨光线是如何对化妆色彩产生影响的。

户外摄影

户外摄影有许多优点，例如它的光线比室内明亮，并且可选择的背景地点也多——花园、海边、郊区等各种人文景观和自然景观，很容易与主题融合在一起。

无论在室内或户外拍摄人物，均衡的散光都是最佳的照明。在有雾的早晨、多云的天气或是在不直接受到阳光照射的地点拍摄时，阴影的部分会显得比较柔和、优美，画面效果令人满意。模特在这种光线下也比在强烈而直接的阳光下感觉舒服。柔和的光线适合拍摄，明亮而直接的阳光，会使皮肤及化妆上的缺点暴露出来，所以化妆必须准确而慎重。户外摄影时，妆容应采用柔和的颜色，不必过分鲜艳，只要整体的色彩协调，足以显示模特的柔美感。

在短短的一天中，太阳从柔和迷漫的晨光转变为午间刺眼绚烂的阳光，再变成玫瑰色的落日斜晖。白天的阳光有偏蓝光的成分，妆容用淡粉色系，给人以清新、淡雅的感觉；到黄昏时，光线渐渐偏暗，所以此时采用咖啡色系的妆容最为理想。

室内摄影

室内光除了从窗外投射进来的自然光（模特距离窗口的远近对光线的明暗度也会有所影响）外，又分为荧光灯和白炽灯两种，这两种光源同样会对化妆造成差异。

自然光

当室内人像摄影采用自然光时，有其特殊性，因为利用自然光拍摄，主要是根据光线的角度和强弱来操作。故摄影时，必须先找出反光的窗户，控制好亮度造成的反差。早上以西边的窗户为宜，下午则是利用东边的窗户，至于北边的窗户则是整天都可以利用的，即使稍微有点直射的光线也无妨，因为它们大都属于柔和的光线。

光线戏剧性地照在模特的脸部，使她沐浴于柔和的阳光下，脸上产生由明到暗的层次感，整体效果较好。

荧光灯照明

使用荧光灯的场所，大都是办公室、学校会议室、工厂等。荧光灯的光线虽然看起来与太阳光相似，但事实上，它对物体的显色和阳光不一样，因为荧光灯的色光偏蓝色与绿色，当冷光系的物体被荧光灯照射时色彩度会提高。暖色系的物体则明度和彩度都会降低。

这种具有扩散作用的光线，同时偏蓝绿，如果在此种光线下摄影，整个脸部都受光，因此皮肤色泽柔和，但是脸色会比平时显得苍白，给人以不健康的的感觉。同时阴影减少，使脸部在视觉上呈现平面感，皮肤纹理比较粗糙，毛孔大，易暴露化妆上的缺点。

化妆时，最好选择自然透明与偏粉红色系的粉底。整体彩妆以粉红色系最理想，因为若用冷色系彩妆，彩妆度会提高，特别应避免使用蓝色眼影。
另外，黄色、咖啡色的眼影会因明度及彩度的降低，使化妆显得黯淡，不够明朗，影响模特的形象。

采用黄色系的化妆，眼部色彩会被荧光灯中的蓝光吸收，所以化妆效果不佳，不妨利用眉、眼线和唇部来突出化妆效果。

粉红色系虽然适合于荧光灯下的摄影化妆，但色彩不宜过于浓艳，否则效果适得其反，尤其是在职业场所的化妆时，更不宜浓妆艳抹。

白炽灯照明

在晚上或者是在咖啡厅等温馨气氛较浓的场所，大都选择白炽灯这样幽暗的采光。光线经由墙壁、天花板或其他遮挡物间接反射到模特的身上，使阴影部分变得柔和，同时给人一种温暖的感觉。
白炽灯的光线会使人产生温暖的感觉，因为它投射的是低彩度的橙黄色光，会使肌肤略带黄红色泽。因为光线柔和，皮肤瑕疵不太明显，同时阴影也较多，能使脸部呈现立体感，但化妆效果不明显。
在这种光线下，欲表现温暖、典雅的情调时，宜强调红、橙、黄等色，并使用明度较高的眼影和修容饼，让脸庞看起来既明朗又具有立体感。彩妆应以金黄色系为主。

摄影棚内人工照明

摄影棚内人工照明，一般来说，只要将二三盏灯和反射罩一起装在灯架上，便可制造出多种不同的照明效果。例如，用摄影棚灯光可仿造出类似窗光和柔和光线，或是采用有色灯光与光源前罩上的彩色滤光镜，这种滤光镜会吸收光谱的颜色，自然会对光线产生影响。

接近皮肤颜色的粉红灯光几乎对化妆没有影响，而且会使化妆更美。琥珀色的灯光也能使化妆更加漂亮，因为它会加强粉红色和皮肤颜色。反之暗红色灯光会对彩妆产生一定的影响，因为在这种灯光下，皮肤会失去其自然色调，连腮红也无法辨识，同时暗色系的口红也会褪成棕色。另外，橙色也会破坏化妆效果，使肤色偏黄，而且色调的渐变感会让人觉得不清爽、不干净。绿色的灯光会使腮红及皮肤的颜色偏向灰色。蓝色的灯光则会让人看起来病怏怏的，同时腮红和口红变得黯淡，因此这类灯光只应用于背景照明。

在化妆色彩中，也有不受灯光影响的颜色，例如大部分用于眉毛、睫毛及眼部彩妆的中性色系——黑色、褐色、灰色，这些颜色几乎在任何光线下都不会改变。一般正常的摄影棚灯光照明比较集中，模特脸上的妆应该较浓，相对强烈，因为在棚内强烈的闪光灯下，肤色以明亮为宜。尤其特写镜头，模特的妆必须精致、完美、无瑕疵。细致整齐的双眉、渐变均匀的眼影、立体润泽的唇形、使脸型更具有立体感的腮红等，这些经过精心设计的妆容，会使拍摄的画面给人留下难以忘怀的印象。

三 背景对摄影造型的影响

由于摄影技术和观念发生了日新月异的变化，每一幅作品的画面色彩，往往可以通过胶片种类的选择，拍摄技巧的变换与暗房加工，产生很大的区别和改变。然而，站在造型师的立场上进行主题设计时，除了专业技巧的运用外，还可以进一步通过整体色彩的搭配，在主题与背景色之间协调色相的同一性和对比性，以产生不同的效果。同一性是指色彩间具有类似的关系，是一种很容易产生调和效果的配色；而对比性则是互相强调的一种配色关系。

同一性

背景与主题的色彩有其共同性，例如当背景是粉红色系时，主题的色系若同样是粉红色系，那么在两者之间因为都具有“粉红色”这个共同点，在主题与背景之间就会产生融合的调和效果。

以下范例供读者参考。

范例一

当背景是带粉红色的橙色系，主题的颜色是黄褐色系时，它便是一种类似色相的配色，也是一种容易互相融合的自然配色。

范例二

当背景是带紫色的粉红色系，主题的颜色是粉色系时，从色相环来看两者都显示出是偏左的色相位置，因此也是容易融合的自然配色。

范例三

当背景是带紫色的粉红色系，主题颜色是带黄色的黄褐色系时，由于两者已经是一种接近对比关系的配色，因此主题的色彩就会被强调出来。从色相环来看，它们彼此之间的色相呈相反方向，因此是属于不易融合、会各自突出的不自然配色。
实例：在摄影时，大面积的背景色彩，因光线反射作用的影响，使整个摄影棚充满了背景色调，也使拍摄对象改变原来的色觉。
运用同一性的搭配以缩小差异，画面效果随之变得协调。
比如：
* 在带紫色的粉红色系背景下，突出偏黄的主题。
* 背景与主题色调相同时，画面显得自然、柔和。

对比性

这是指主题与背景之间，由于色相的对比关系，使主题的色彩表现因受背景色的影响而产生的效果。如果能处理好这种关系，那么在摄影棚中便可以避免因为背景色的原因，主题色彩偏离原先设计的现象。
色彩的搭配，实际上是牵一发而动全身的，不但色相会受到影响，就连明度、彩度也会因为搭配的关系而产生变化。因此，在摄影棚中运用色彩时，如果能够在背景色与主题色的关系上善于利用色彩的属性变化，那么就能将主题清晰而明确地表达出来。

以下范例供读者参考。

范例一

当主题色彩以带黄色的橙色为主调时，若要使主题色彩给人以明朗、轻快而且充满活力的印象时，背景色就应该采用色相与其呈 180 度对比关系的蓝色，因为这时两者之间无论是色相或彩度都显出很高的对比性，所以主题色彩的主调会强调出来。换句话说，这时的肤色会因与背景的色彩互相对比，使明度增加，看起来更加亮丽动人。

范例二

当主题色彩采用同上例一样带黄的橙色时，如果背景色采用蓝绿，就会产生什么样的结果呢？如果背景色采用青绿色，又会产生什么样的结果呢？由于背景中青绿色的心理补色（色相呈 180 度对比时）是红色，因此将会导致主题色中红色的色感增加。

范例三

同样，当主题色在相同的条件下，而背景色换成青紫色时，结果又是如何呢？这时由于蓝紫色的心理补色是黄色，因此很自然地，主题色就会增加黄色的色感。

背景对肤色的影响

中灰色

摄影化妆中最理想的背景色，它不会影响整体化妆的色彩。

蓝色

使化妆、肤色显得干净明朗。

蓝紫色

如果光线不理想，整体形象容易偏暗，肤色变得暗淡。

红色

使肤色有偏红的现象。

黑色

容易突出彩妆的色彩质感。

混浊色彩

无论何种背景，因色彩混浊影响肤色，给人以暗淡、混浊的感觉。

背景与造型的关系

时髦、光彩照人的红色造型，在各种背景色下可以产生不同的效果。
* 浅淡色调的背景，容易突出造型的轮廓，使服装的色彩清晰分明。
* 同一性的设计，在鲜红的背景中，加入白色为强调色，使红色不会因面积太大而显得刺眼，但是隐约中白色的画面与肤色都呈偏红色，使红的部位更加明显。
* 接近对比的配色，因造型色彩过于鲜明，与背景形成强烈的对比，这是利用光线淡化造型周边的色彩来突出造型。
* 黑色背景容易突出红色造型的色彩，但会掩盖头发的颜色。

得一名师，智慧一生。

一个好的老师对学生的一生都会影响深远。

作为一个老师师德很重要，

讲授技术是专业所在，可以提点、点化学生才是师魂。

MMM, Kama
MMM, To
New York
MMM, Nag
MMM, San Fra
MMM, Los

第五章

摄影造型的注意事项

化妆造型是用心用爱进行艺术创作的一个过程，通过造型师的化妆技巧，可以使原本普通的人充满魅力，使本来天生丽质的人变得更加风姿绰约。
如果想使摄影化妆造型达到一定的效果和水准，在摄影过程中，仍有许多小细节，造型师需要留意。
一个出色的造型师，必须要有良好的耐性和感悟力，同时还要拥有总结归纳的能力，只有在不断的工作实践中，反复地修正、反思，才能逐步提高技能和水平。

摄影造型的拍摄准备工作

拍摄前

任何一次拍摄，在拍摄前都会有许多准备工作要做，例如拍摄前的沟通与协调，相关人员的相互了解，以及对这次拍摄工作的成稿定位。确定掌握好这些因素，会使摄影计划圆满而顺利地完成。当然，最关键的是选择一个合适的模特，因为妆面造型需要模特这个载体来呈现，因此在确定了拍摄图片的定位后，还要考虑对于模特的选择需要：容貌特征、肤色、身材等诸多条件。

前期准备工作妥当后，由此次拍摄的执行助理进行各方面的通知工作，敲定拍摄时间及人员到位情况。如遇特殊情况，要有备选方案可供拍摄时使用。

拍摄中

将工作流程递交到每个工作人员手中。在模特尚未完全了解摄影的重点之前，绝不要拍摄。根据设计好的脚本内容和设计图，造型师、模特、摄影师再次敲定拍摄要点后方可进行工作。

二 拍摄流程表

1. 确认现场准备工作——讨论并决定设计画面。

2. 造型师到达现场，首先要把自己所需的工具摆放好，查看当天拍摄所用的服装和饰品，针对模特拍摄时的服装和饰品搭配状况，造型师重新调整妆面设计方案，再进行化妆创作。
摄影师负责现场气氛的创造、灯光的运用、取景、布景、胶片的选择等。

3. 进行摄影——控制画面质量。

造型师现场工作内容

1. 通过摄影镜头检查模特的妆容造型，掌握光线变化，再进行脸部修饰。
2. 随时留意模特是否需要补妆。
3. 如果模特脸上有瑕疵，应先告知摄影师，利用拍摄角度避掉。

四 摄影师现场工作内容

1. 选择最佳的拍摄角度，掌握好光影变化及镜头焦距。
2. 对模特将要进行的动作给予指示。要有耐心，表达准确，简单扼要，并主动调动模特的情绪。
3. 每一单元结束时，应立即发出更换造型的指示。

五 策划者现场工作内容

掌握摄影现场的状况，情况发生变化时进行协调与沟通。

六 更换造型考虑的要点

1. 决定是否变换妆面色调。
2. 留意改妆后脸部的粉底是否容易脱落，色彩融合度是否理想。
3. 摄影师与策划师沟通，确认是否更换背景和光。
4. 模特换装后，要留意化妆效果与发型是否搭配。

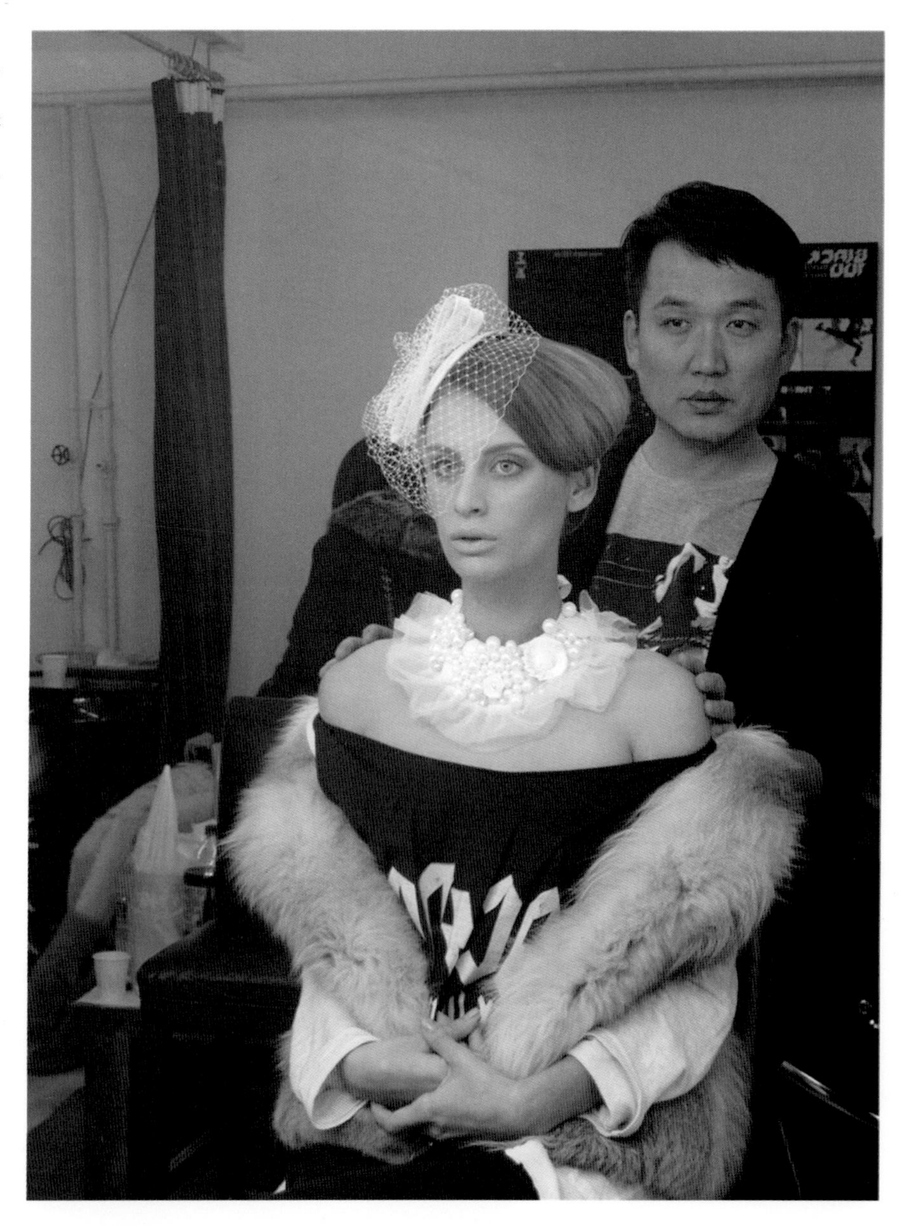

七 拍摄后总结

对本次拍摄工作进行总结，造型师要从成品图片中寻找缺点，进行自我反省并听取别人意见，以供下次参照改进。

八 妆容操作时的注意要点

照明与化妆

色彩是光线创造的。因此，化妆时的照明非常重要。每一种照明都各具特性，对于我们所看见的色彩有很大的影响。荧光灯照明往往使皮肤看起来苍白，于是化妆不知不觉就会色彩过浓；而在白炽灯照明下脸色则会偏黄，粉底色就会容易偏白。

例如：

1. 荧光灯照明

在荧光灯下化妆，肤色易出现不合适的蓝色色调。

* 金黄色彩妆：整体偏黄，产生褐色的感觉。
* 粉红色彩妆：整体给人以自然粉嫩感。

2. 白炽灯照明

白炽灯照明会加强红色及橙色，使脸部变红。整体给人以柔和、自然的感觉。

* 金黄色彩妆：带有橘色。
* 粉红色彩妆：整体形象稍带一点浓艳感。

化妆时应选择在较明亮的灯光下进行。另外，光线来源对脸部化妆效果的影响也相当大，应该避免仅从天花板由上往下照射或仅照到脸部一侧的照明方式。为了获得均衡的化妆效果，化妆室的照明，应该能够照到模特脸部的每一个部位。

1. 自然光

来自四面八方的光线是最好的化妆光源。化妆时利用自然光是最理想的。最佳的拍摄时间为上午 9 时至 10 时及下午 3 时至 5 时，并以顺光为主。

2. 错误的化妆灯光

荧光灯的灯光偏蓝，脸部会显得很不好看，同时光线从左右两边射来，上下容易产生空隙，常常在上妆后因室内、室外环境的变化而造成色彩的差异。

3. 正确的化妆灯光

大多数人以为把镜子照亮一点，化妆效果便会好一点。然而，实际上需要的是光而不是镜子。因此最好在镜子周围安装许多照明灯，或在镜子上下左右各装一个照明灯，这样光线就会均匀柔和得多。

戴眼镜化妆时的注意要点

患近视、远视及老视的人戴上眼镜之后，眼睛会产生不同的变化。远视的凸透镜片有放大镜的作用，化妆时应以清淡为主；近视的凹透镜片则有缩小眼睛的作用，所以化妆方法正好相反。

1. 戴眼镜者的化妆

戴眼镜的人，配戴的眼镜不能将眉毛遮住，同时眉毛的长度亦不可以超出镜框，眉形最好顺着镜框的款式，这些都是基本原则。镜框和镜片会遮住眼睛的光采，因此戴眼镜的人更需要化妆。

2. 近视眼的化妆重点

近视眼在摄影化妆时应注意加强眼部的妆效，使用深色眼影，如灰色、黑褐色、深灰色或深绿色均可。眼线可以画得稍微粗些。将睫毛夹卷，并涂一点睫毛膏。如果模特本身眼睛较大，可用眼线笔或眼线液在眼睛内侧稍微描一描。

3. 远视眼及老花眼的化妆重点

远视眼及老花眼在化妆时须注意的是：化妆不可过于夸张，尽量选用单色调或浅淡、暗淡的色系，如灰绿色、赭石色、中灰色或珠光色等；眼影不可涂得太厚，以免使眼睛看起来不自然；睫毛膏不宜使用太多，只需在睫毛外侧稍稍涂一点即可。

4. 戴隐形眼睛者的化妆

现在，许多年轻的模特都配戴隐形眼镜，而且有颜色的隐形眼镜更受追求时髦者的欢迎。带隐形眼镜化妆，最怕细菌感染，所以在化妆时，应事先询问，如果模特戴着隐形眼镜，在操作时应更加小心。

眼影色彩应该避免与隐形眼镜的颜色相同。睫毛膏应选用水溶性的，以避免油质污染镜片或尼龙纤维掉入眼中。眼线和眼影以笔状为佳，同时眼线不可画到眼睑边缘。戴假睫毛时，应小心使用粘胶。

补妆的秘诀

在拍摄过程中，因为模特出汗的关系，再加上有用手托腮、支额的动作或脸部无意中被衣服碰到，均会有脱妆的现象发生。化妆造型师若发现模特脸上有油光或眼影脱落、唇膏晕开的现象时，要立刻通知摄影师停机重新整妆，否则就会造成不必要的失误。

利用补妆，模特可以一直以光彩夺目的形象面对镜头。补妆有两大重点：自然、干净。

1. 粉底

当模特脸上发亮、出油或脱妆时，首先用化妆纸或吸油面纸轻压，除去脸上的油光，并用微湿的海绵将脸上的粉底推均匀，再以蘸了水或乳液的棉花棒清除凝结在皮肤上的粉底，最后重新补擦粉底，抹上蜜粉。

2. 眼部

眼部的补妆，应用湿的棉花棒或海绵清洁眼部周围的眼影及脱落的眼线和睫毛膏，然后补上粉底，再涂抹眼影。最好是补的颜色与原来的妆混合在一起，并补刷睫毛。

万一眉毛化妆失败，如果情况不是很严重，可以用眉刷蘸以少许粉底轻轻修饰，再扑上蜜粉。如果嫌眉色太淡或者眉毛下垂，也可以利用快干的睫毛膏或造型眉刷刷一下，使眉毛有立体感。

3. 唇部

补妆时，要先留意唇膏是否晕开。如果唇膏有晕色，可以拿化妆纸或棉花棒轻轻擦拭。要注意擦拭的动作，上唇应由上往下擦拭，下唇应由下往上擦拭，切忌以水平方向擦拭。然后再用粉底或修容笔控制唇的轮廓。

4. 腮红

最后的步骤是刷腮红。可采用比原先颜色淡、亮度高的修容饼，以最轻、最快的方法，在两颊均匀地涂满，再用刷子上剩余的粉末修容，在下巴、额头与其他需要强调的地方刷一下，可使脸部具有立体感。

九 其他注意事项

摄影化妆时，服装的款式因与人物的整体形象有关，所以必须细心搭配。

1. 颈部较短的人，应避免穿高领的衣服。如果是素色的衣服，最好能有饰物陪衬，效果会比较理想，但是切忌挂太多的饰品。

2. 衣服要避免有太强烈的线条或大块的图形花样，以素色或同色系的细碎花纹为佳。

3. 饰物要根据模特的脸型和拍摄的距离而定。通常较胖的人或从远距离进行拍摄时才适合大型饰物。在大部分情形下，仍以小型、细致与单色（或同色系的复色）的饰物为佳。

十 如何掌握化妆变换的要素

在拍摄时，若想对模特的造型进行变换，事前的准备工作与操作流程表的制作，是变换成功的关键。
为了让拍摄更加顺利，事前一定要先考虑好化妆及发型的变化，因为造型的转换其实是有原则可遵循的。无论是发型还是化妆，基本上都是由简单开始。在发型设计的变换过程中，可由长发、盘发到包头，在变换造型时为了节省时间，不妨对假发与发饰进行局部运用。至于化妆方面，无论是粉底、眼影或唇膏都是由浅到深，一点一点地填补上色彩。除此之外，在变换化妆造型时有以下几条原则可遵循。

1. 尽量不要改变模特原有的造型，除非是策划设计上的需求。维持模特原来的造型，可以提高变换时的速度。

2. 不必刻意强调绝对的平衡。因为摄影时讲究的是造型的角度，所以有些先天的缺点，可以利用拍摄时光线、角度的变化来克服，而化妆因光影所呈现的明暗，也同样也无须刻意修饰。

3. 为保持造型的完美性，除非绝对需要，应避免模特卸两次以上的妆。因为多次卸妆，很难再打出漂亮的粉底，同时模特的肌肤有可能产生异常的反应。

第六章

不同用途摄影造型的设计要领

由于摄影造型的用途不同，客户对于成品的要求也有所不同，其设计要求、拍摄要领、最终目的就均不相同。一名专业的造型设计师在进行摄影造型之前，就要清楚此次的拍摄目的和造型定位是怎样的，根据图片的用途与客户、摄影师、服装师以及所有涉及的工作伙伴进行详细的拍摄沟通，才会设计出完美的造型。

一 杂志摄影

随着人们对时尚事物的热衷，一批批的时尚类杂志脱颖而出，为我们提供了大量的时尚信息及时尚元素，同时也为造型师们提供了一个很好的展示平台。

市面上的杂志种类广泛，大致可分为时尚类、旅游类、奢侈品类、食品类、人物类、财经类、电子类、汽车类、企业内刊类等。由于各类杂志的内容定位不同，拍摄版块不同，所以对于造型师的需求也会有所不同。

造型师主要跟随时尚类杂志进行图片拍摄，为时尚类杂志的时尚版块，美容版块及人物版块进行模特造型，最终拍摄出完美的图片供读者欣赏。对于一个新入行的造型师来说，参与杂志的图片拍摄是一个非常好的学习及宣传自己的途径。

有的读者看到这里可能会有疑问，杂志是怎样的一个操作流程呢？造型师又是如何与杂志进行合作的呢？这里简单地介绍一下。

首先，每本杂志都有自己的风格定位。内容也分为各个版块，并由不同的版块编辑负责制作。在内容制作之前，版块编辑们会先对本期要制作的内容进行选题申报，经主编同意后方可进行制作。注意啦，这个时候造型师们会接到相熟编辑的电话，询问工作档期，并进行拍摄合作。在合作的过程中，编辑们会向造型师及摄影师提供选题策划，进行拍摄前期的讨论。造型师可以根据选题内容来设计要绘制的妆容及发型，最终将策划案以立体的方式呈现在读者面前。

杂志中摄影造型的分类

造型师与杂志合作最多的有两个版块：一、美容版；二、服装版。

先来说美容版，杂志中美容版块下面又有两个比较重要的版块，即护肤版和彩妆版，因为各自的内容不一样，对于片子的要求也就有所不同。护肤片主要是展示护肤品的质感，来向读者展示使用后的良好效果，所以在妆容设计上要求面容干净自然，且具有皮肤通透性，力求展现出护肤品的功效。

再来说彩妆版，这个版块的图片主要是展示当季的流行色彩、流行趋势以及妆面创意，在妆面塑造上对造型师的要求也就更为严格，需要造型师具有一定的审美品位、时刻迸发出的妆面创作灵感以及能将国际彩妆潮流融入到自己作品中的能力。

对于造型师来说，第二重要的版块就是之前我们提到的服装版。杂志中的时装片，是一本时尚类杂志的重中之重，占用的篇幅较多，在选择模特、摄影师、造型师、场地以及拍摄产品上都会比较苛刻。因为一套时装大片的成败取决于编辑的策划和制作团队的构成，所以在时装片的策划和创作团队的甄选上，编辑往往都会费劲心思。对于造型师而言，时装片的创作更需要做充分的准备工作，并进行拍摄前的沟通，以便更好、更准确地运用色彩和造型来表现出最时尚的概念。同时这也是读者认识造型师的一个很好的途径。

除了上述的两个大版块外，造型师还会接触到杂志中的人物版块，即为人物版块的受访者进行形象包装，以便摄影师拍摄出完美的人物图片，从而刊登到杂志中供读者阅读。在造型设计要求上尽量遵循真实自然的原则，力求在艺术的表现手法上还原生活中的他（她）。对于妆面造型的要求一般多为自然干净、落落大方。

二 时装摄影

流行趋势并非偶然的，它会在一个特定的时间里推出，并被各大品牌表现在每一季产品中，而时装摄影是最常见，也是最引人注目的一个推广平台。

为了使消费者更加了解该季的流行趋势，各大品牌除了通过时装表演的形式向人们展示之外，还会拍摄时装目录画册，来方便市场消费者和长期客户进行选择。在拍摄时装目录画册时，必须减弱模特在视觉上的吸引力，以便更好地展示时装的款式及本季主打色彩。在拍摄过程中，服装和作为拍摄道具出现的饰品会多次更换，但模特的妆容却不需要过多的变化。在完成一个完整的造型后，只需在细节方面进行小修改即可，如改变唇膏颜色等。

虽然时装摄影以服装为主，但模特的整体妆面造型也不能小视，专业的化妆和协调的发型同样是图片质量的保证。在妆容和发型的搭配上，应以衬托服装风格以及服装所要表达的意境为重点，因此在进行创作之前必须了解服装的特点，以及该品牌在本季所设定的主题，这样才可以设计出符合服装特点的妆容和发型。

三 广告摄影

由于工业化模式对商品销售方式的重视，因此影视广告的好坏成为了商品成败的关键。如何通过广告策划来完成一项商品的销售？除了标题的吸引力之外，模特的选择及化妆、整体造型的设计也非常重要，因为借助成功的造型设计，同样能提高广告的品质并创造销售业绩。
广告化妆基本上可分为电视广告化妆及平面广告化妆两种。广告化妆视商品的不同而不同，有时以整体妆容为主，有时则必须强调局部妆容，而后者往往是为某个部位拍摄特写，通常较注重画面精致与细腻的表现。
用来传递广告信息的对象，大致可分为以下两大类。

1. 依靠知名人士良好的社会形象，快速地取得广告效益。这些知名人士往往是知名艺人、商界人士、社会中某领域的专家等。这时妆面造型必须符合其身份或特定形象。
2. 采用专业的广告模特。他们多数有着丰富的肢体语言及容易被塑造的特性，此类广告模特通常要通过试镜的方式进行选择。面对这种专业妆容的广告需求，造型师同样也必须以极专业的妆面造型来诠释主题。而动态的电视广告，有时为配合剧情，必须迅速地变换模特造型，这也是对造型师的一大考验。将广告策划经由意识形态的意念加以表达，模特往往被要求脱离固定的化妆模式，这时会比较侧重于创意性的表现。

总之，广告化妆最重要的是精确地呈现策划的主题，所以通常会设计脚本。造型师根据策划内容的需求、商品特性与策划概念的沟通，对从发型、化妆到服装的每个细节都要进行整体性的串联，同时必须随时盯场，留意模特是否有脱妆的现象，甚至可要求在拍摄前先通过镜头检视。
此外，化妆色彩的浓淡掌握也是不容忽视的。一般如果是根据平面来取景，由于需要再通过印刷品表现出来，因此色彩应较浓；若是电视广告，则无须刻意加深色彩。然而，如果是强调脸部特写的画面，那么就应该注意任何细微的部分，这样拍出的画面才会具有高水准的质感。尤其是电视广告更应配合分镜头剧本，掌握每个镜头的表达重点，让观众很快地感受到广告所传递的信息，并留下深刻的印象。

四 婚纱摄影

拍摄婚纱照，可说是结婚过程中的重要一环。新娘是女人一生中最美丽的时刻，因此既要拍得精致，又要拍得有特色。如何将一生中最重要的画面永久地留下来，除了新人之间感情的自然流露外，还必须借助摄影师的帮助。所以，结婚照能否拍摄成功，关键在于被拍摄者与摄影师、造型师之间的沟通是否清楚和全面。

以目前婚纱摄影的拍摄趋势而言，自然、纯净的风格是主流，这可使婚纱照更生动、更具生命力。除了摄影师拍摄手法的不同之外，还可再运用现代化技术来完成以前胶片时代不可能完成的。

化妆设计师除了化妆专业的素养外，还要掌握近年来流行的电脑后期技术。同时，一般人或许会认为新娘妆是一种简单的化妆，只需要表现新娘的柔媚感。虽然此观念并无错误，但从画面构成的因素分析，往往造型比色彩更加重要。所以在此原则下，不妨先分析新娘个人的特征再进行化妆造型。

在新娘造型中，最重要的是新娘化妆的表现感。在化妆之前应先与新郎和新娘相互沟通。此外，图片或实际的服装样式、饰品，最好都能为新人提供参考，这样才能了解对方的意图。造型师只有在确切地掌握新娘对化妆浓淡的喜爱程度、新娘的五官特征、个性、摄影当天礼服的色彩及场景的条件下，才能化出完美的妆容，适时地把新娘的喜悦和幸福感展现出来。

一般而言，新娘化妆的基本原则有3点：粉底要持久、整体化妆要自然、五官要有立体感。在色系方面，大地色系如橘色、米色、棕色搭配白纱的效果较好，显得十分淡雅自然，色彩搭配得宜，可以使脸部更有立体感。

若顾及晚礼服的颜色时，眼部、唇部色彩的选择，就须考虑到与白纱、晚礼服均能通用，以避免换妆的困扰或产生不协调的情形。

如果是穿着粉红、桃红、紫红、灰紫、大红、黑色的礼服时，可选择粉红色系的妆容，如粉红、蓝色、紫色的眼影色彩，搭配桃红、粉红、紫红或正红的唇膏，使妆容与服装相呼应。

如果礼服是粉橘、象牙白、黄棕色、金黄色时，眼影应采用金黄色系，如咖啡色、褐色、黄绿色等，并配以橘红、朱红或豆沙红等色的唇膏。

除了新娘之外，婚纱照取得成功的另一关键人物便是新郎。平常男性并不化妆，但是为了配合新娘并使照片画面协调、柔和，新郎的化妆也非常关键。应该为新郎打上粉底和蜜粉，修饰一下眉毛和脸型，这样才不至于出现与新娘的脸有黄白对比的滑稽情形，画面才会具有美感。

五 个人专辑拍摄

追求时髦、追赶潮流，已经不再是青年女性或专业模特的专利。为了让大多数人都能拥有美丽的记忆以及炫耀、宣传自己的照片，摄影沙龙、个人工作室相继设立。但是，如果想拥有亮丽的容颜，并能够自信地面对照相机，这就必须依靠化妆设计师塑造出风采与特色。造型设计时，无论任何年龄，均以显示个人风格为前提，其次再根据造型上的需要来考虑。

个人写真：主要面对的是普通的客人，宽容度比较大。造型师可以依据与客人的沟通，融合自己的审美和客人的需求，创作出风格各异的作品。
见组照：演员用于甄选角色用的特殊照片，在见组照的化妆造型上要力求真实、自然，千万不可过于浓重或修饰过多，切忌造型过于花哨。
宣传照：艺人和知名人士用于媒体宣传的照片，包括杂志、唱片封套等，宣传照需要造型师依据客户的自身特质、宣传目的、歌曲风格、时下流行元素等诸多因素作为综合考量，而去帮客户设计出符合客户自身定位的造型，从而达到宣传的效果。

ZOMBIES
LE ST

HOFBRAU
HOTEL
RECEPTION
DUMP THIS TRAITOR
VIRIDIANA

第七章

摄影造型领域生存法则

一　如何进入到摄影造型领域

对于一个初学者，在刚刚结束了专业的学习之后，肯定急于投入到造型领域的工作中，希望在实践中提高自己所学的技术和知识，这是每一个初学者的迫切心情，对于在这个行业中蛰伏多年的我，是可以理解的。

要想从事一个新的行业，首先要从自己的兴趣开始，只有对这个行业有兴趣，才有可能踏实地去钻研这个行业的专业技术和处事哲学。造型不单是一个技术行业，更是一个包含很多周边学科和人际关系的一个行业。所以想要在这个行业中立足，个人技术水平只是一个好的基础和开始，更为重要的是人际关系，人际等于财脉。因为造型师是以人为本的职业，良好的沟通能力和表达能力最为重要。对于初学者，在技术不断磨练的同时，与人交往的技巧也要好好学习和经营，这样才有可能在这个行业中成为佼佼者。

没有“量”的积累就不能有“质”的飞跃，从“量”到“质”的转变，每一个人所需要的时间是不一样的，但是对于每一个从业者而言这个变化都是非常重要的。服务一个客户和服务十个客户可能没有什么不同的感觉，但当你服务了一百个甚至一千个客户之后，只要是在用心做，你会发现，你的进步不单是技术上的飞跃，还是整个人的一个全方位飞跃。

“得一名师，智慧一生。”要想在一个行业中取得成功，一个好的老师非常关键。在学习的时候找到一个好的老师，跟随其左右，仔细观察老师的言行以及待人接物方式、做人原则和处事哲学。要用心去体会和揣摩，再加以运用，你就很容易在这个行业中得到工作和发展机会。如果找不到一个好的老师，可以从最基本的做起，不要怕辛苦。在实践中，要学会自我总结和检讨，逐步地积累经验，从而为以后的事业打下基础。

现在许多初学者好高骛远，心浮气躁，这样的心态是无法学到好技术和拥有好的人际关系的。当你受到挫折的时候，要先在自身寻找问题，而不是去寻找别人的原因，时刻保持自己头脑的清醒。

从基础做起是每一个行业的必经之路，造型行业也如是。从助理做起，无论是影楼还是跟随师父学艺，勤奋是必要的。一个勤奋和豁达乐观的人更容易得到别人的认同和喜爱。在初学期间，除了钻研化妆技巧外，还要观察前辈的处世之道，例如如何经营人脉等，这些是必要的基础积累。

当你自己可以独当一面的时候，自律和自觉就很重要，良好的职业操守和敬业精神是非常必要的。同时还要懂得如何包装自己、展示自己、宣传自己。在取得一点小成绩和荣誉的时候不要自以为是，忘乎所以。越是这个时候越要清醒，越要保持冷静。古人云："学海无涯苦作舟"。

在宣传自己方面可以选择与杂志进行合作。这是一个很好的宣传平台，也是积累作品的一种方法。与编辑保持良好的合作关系是非常重要的，大多广告客户是通过杂志了解到造型师的，这样他们才会有机会接触到广告的拍摄。

大小的造型比赛也是展示自己的一个舞台，通过比赛可以学到很多东西，从而锻炼自己的综合能力。参加比赛还可以结识很多业界的同仁，为以后的成功之路铺下基石。

如何提高造型师的个人沟通技巧

摄影造型是以人为本的一个行业，是通过人去体现技术的一个行业。良好的沟通可以帮助造型师赢得客户，并与客户保持良好的合作关系。一个造型师的自身素质和经验积累是沟通的基础，平时的阅读能力和预见新鲜事物的能力都会有助于你与客户进行沟通，自以为是的处事态度，在任何一个行业都难以立足。一名优秀的造型师首先是一个具有高素质和良好服务意识且善于沟通的人；其次，专业的造型技巧是提升个人价值的筹码。

与人沟通的技巧有很多，最简单也是最常用的，其实只是一个善意的微笑，这样拉近你与陌生人之间的距离。造型师不要成为专家，而要成为杂家，遇到不同的客户时，要根据客户的情况采取不同的沟通技巧，投其所好，只有这样才能赢得客户对你的信任与依赖。当然，专业技巧是必不可少的。

有些性格内向的从业者，不善于交际，成功之路走起来较为坎坷。沟通在造型行业中的重要性是显而易见的，提高自己的沟通能力是一个自我解放和提高的过程，你想把自己定位到什么位置，就要具备什么样的能力。突破自我、释放天性，是我对学生们说得最多的话，不要以自我为中心，要多想想旁人的感受和学会接纳别人的意见或建议，这样有助于自我的完善和进步。

CHUN CUI YING XIANG
Let mood floated in the sky every moment. Master the feeling beauty is a branch street corner tha
莎翁玫瑰
SHAWENGMEIGUI
ΩHEPE ΔO I BEΓIN TO TEΛΛ THE ΣTOPΨ OΦ
HOΩ ΓPEAT A ΛOѵE XAN BE THE ΣΩEET ΛOѵE ΣTOPΨ
THAT IΣ OΛΔEP THAN THE ΣEA THE ΣIMΠΛE TPYTH
ABOYT THE ΛOѵE ΣHE BPINΓΣ TO ME

积累，见识，修养是造型师发挥创意的前提。

风雅

细节成就完美

凡事皆色形

化妆造型就是研究色与形

形与色之间的关系

熹熹

that never dims.
with you.

盛夏的果實

shengxiadeguoshi

WITH VERY SPECIAL THINGS WITH ANGEL SONGS WITH WILD IMAGININGS
SHE FILLS MY SOUL WITH SO MUST LOVE THAT ANYWHERE I GO
I'M NEVER LONELY WITH HER ANING WHO COULD BE LONELY
I REACH FOR HER HAND IT'S ALWAYS THERE HOW LONG DOES IT LAST
CAN LOVE BE MEASURED BY THE HOURS IN A DAY I HAVE NO ANSWERS NOW
BUT THIS MUST I CAN SAY I KNOW I'LL NEED HER
TILL THE STARS ALL BURN AWAY AND SHE'LL BE THERE

t Institution

本书特别鸣谢

摄影师

岩溶黑　王 广　张旭龙　张华斌　王家民　张 曦　华 远　李果繁　郭三省
徐 伟　王 健　一 涵　刘德军　辛晓东

后期

张东新　李子树　杨 丹　涵 涵　英 子　一 涵　陈润熙　赵 东
少 少

出镜模特

王希维　李晓晨　刘巾薇　王瑞雪　王李丹　赵雪羽　邱 蔷　张 雯
李丹妮　刘 丹　王 芸　邢晓宇　魏芳倩雯　张 亮　栾凤玲　王伊娜
裴 培　王朱筱寅　陈 岩　林 彦　梁珍珍　刘 培　阿里木　王晖越
高伟光　马 璟　李 媛　赵 昀　张 亮　王曼矜　张信哲　苗 萌
ROSE　张 扬　宋鹏举　琴 琴　萱 瀛　李 阳　大 海　王丸丸
娜 扎　郭笑笑　丁 宁　少 少

著名视觉电影导演，诗人歌手陆培
著名舞蹈家刘岩
著名舞蹈家蔡梦娜
著名影视演员石小群
著名影视演员王妍苏
著名影视演员马雅舒
著名歌手尚华
著名歌手邓容

我的学生模特：徐茜子　陈婷婷　林竹冰　任俊谊　金玉　汪兰

支持机构

正黑视觉
曦烽社
华黛视觉
上海瑞丽摄影机构
常熟维纳斯摄影机构
深圳W12摄影机构
北京经纬视觉摄影工作室
三段锦摄影机构
模特线路国际模特经纪（北京）有限公司
龙腾精英国际模特经纪（北京）有限公司
北京欧亚佳人模特经纪有限公司
东方宾利文化发展公司
新丝路模特公司
台湾凯渥模特经纪公司
《人像摄影》
《今日人像》
深圳聚福德实业发展有限公司 U2专业摄影灯光
北京模特艺术促进委员会

Tony特别鸣谢

我的启蒙老师中国第一代化妆师郭峰老师（已故）

李 京　乔宝成　刘 媛　李建楠　小 K　金 玉　齐记一
黄新阳　周茵子　肖 冉　韩 峰　宁 浩　赵 清　侯 瓒
叶 子　陈梦涵　王浩天　谷凌云　陈玉兰　邓汉卿

（以上排名不分先后）

后记

随性的生活方式，让我在妆容造型这条路上走过了近20个春秋，好似是为了这个职业而降生到这个世界一样，我彻底被它征服了。选择这个职业我没有后悔过，无论成功还是失败，都不曾想放弃。

我的职业常被我形容为“雕塑师”，我们可以为每个人塑造出他（她）的美好瞬间。

我一直孜孜不倦地追求着妆容上的创新，为了一个完美的造型，我会用心和爱一起去描绘，最终呈现一个美丽的愿望。

我不愧于“造型师”这个称谓。我的作品就如同我的为人，力求完美、多变、不拘一格，从色到形，从形到色，有着灵魂的贯穿和内在的张力，而并非简单的形式主义。

“造型师中的学者，学者中的造型师”是我的目标，我会用毕生的时间去实现它。

在教学方面，我通过自身的感受和积累，打破了传统的教学模式，开创了中国第一家化妆造型私塾式的学校，在课程中不懈地推广“理论结合实践”的教学概念。感同身受，言传身教，让学生们懂得从“量变到质变”是怎样的一个过程。我在教学中传授了开发自身潜能和开拓自己事业道路的方法，在整个教学过程中，学生们会因此改变对待人生的态度和看待事物的视角，最终找到适合自己的发展道路，这也是我希望看到的。在这里我祝福我的每个学生能在他们的事业道路上越走越辉煌。

我最大的财富，不是自己拥有多少金钱，而是我培养了无数在化妆领域工作的优秀造型师，他们是我的骄傲。

这也许是一本看似平常的书籍，更确切地说，这是一位造型师的心路历程，是我20年造型生涯的回顾。每一幅作品都是我的最爱，从青涩到成熟，从平淡到奢华，也许这就是生活的写照，告诉我们要脚踏实地地前进，才能越走越稳。

在这里我要特别感谢我的母亲，是她给了我善良包容的性格和坚持的信念，是这样的性格和信念陪我走过了无数的黑夜和风雨。

最后希望这本书可以给每位读者一个美好的回味，在阅读的同时可以让你的人生开启一扇希望的小窗。当然，当这本书结束的时候，它却开启了我另一段崭新的故事。

Tony

图书在版编目（CIP）数据

摄影化妆造型宝典 : Tony的彩妆世界 / Tony编著
. -- 北京 : 人民邮电出版社, 2011.8
ISBN 978-7-115-25761-1

Ⅰ. ①摄… Ⅱ. ①T… Ⅲ. ①化妆－基本知识 Ⅳ.
①TS974.1

中国版本图书馆CIP数据核字(2011)第141173号

内 容 提 要

本书介绍了摄影化妆的基础知识和技巧，阐述了不同的摄影环境对化妆的影响，讲解了摄影造型需要注意的事项，其中包括前期准备工作、拍摄流程、与其他工作人员的协调关系、补妆以及换装的注意事项等，囊括了在各种摄影用途中的造型要领，此外，还传授了在造型领域生存的处世之道和沟通技巧。

本书内容专业、详尽，配有大量精美的案例图示，是化妆师珍贵的学习和参考资料。

本书可以作为初学者学习化妆造型的入门用书，也适合中、高水平的专业化妆师使用和参考。

摄影化妆造型宝典——Tony的彩妆世界

◆ 编　　著 Tony
责任编辑 孟 飞
◆ 人民邮电出版社出版发行 北京市崇文区夕照寺街14号
邮编 100061 电子邮件 315@ptpress.com.cn
网址 http://www.ptpress.com.cn
北京顺诚彩色印刷有限公司印刷
◆ 开本：889×1194 1/16
印张：15.75
字数：847千字 2011年8月第1版
印数：1－3 000册 2011年8月北京第1次印刷

ISBN 978-7-115-25761-1

定价：98.00元

读者服务热线：(010)67132692 印装质量热线：(010)67129223
反盗版热线：(010)67171154